小学館文庫

# 浅草ばけもの甘味祓い

～兼業陰陽師だけれど、鬼上司が本当の鬼になっちゃいました！～

江本マシメサ



小学館

# 目次

# 序章

# 陰陽師は贖《しょく》罪《ざい》から食材を買い込む

（※ただし、費用は鬼上司持ち）

季節は初夏を迎える。

まだ暑さの盛りではないが、歩いているだけで額に汗がじっとり滲《にじ》んでいた。

仕事を終えてマンションの前にあるスーパーで買い物をし、両手にエコバッグを握って、帰宅する。

鍵を開けて扉を開いた先は——自宅ではない。

その隣にある扉を、預かっていた合鍵で開いた。続いて、リビングにいるだろう人物に声をかけて上がり込む。

「ただいま戻りました」

「おかえりなさい」

語尾にハートマークが付いていそうなほど、甘い声だった。おまけににっこりと微《ほほ》笑《え》みかけてくるのは、会社の上司であり、お隣さんでもある長谷川《はせがわ》係長。

関係は、それだけではなかった。

驚くなかれ。彼は京都からやってきた本物の鬼である。一方で、私は陰陽師。

利害の一致から、私達《たち》は協力関係にある。

鬼と陰陽師が敵対せずに同盟を結んでいるなんて、前代未聞だろう。

そんな現代に生きる鬼である長谷川係長は、思いがけないことを口にした。

「なんか、こうしていたら、新婚さんみたいだね」

どう反応していいものかわからず、「ははは」と愛想笑いを返す。冗談なのだろうが、心臓に悪いので止《や》めてほしい。

現在、私は長谷川係長の家に通い、料理を作っている。なぜそんなことをしているのかというと、先日起きた怪異絡みの事件で、長谷川係長が私を庇《かば》って肩を怪我《けが》したからだ。長谷川係長は私の申し出に対し、「お手伝いさんを呼ぶからいいよ」なんて言っていた。だが、それはそれで悪いなと思ったし、長谷川係長の家に見知らぬ人間が出入りするのはなんとなく面白くなかった。

そう——何を隠そう、私は長谷川係長のことが好きなのだ。

陰陽師が鬼を好きになるなんて、ありえないだろう。自分で自分の気持ちに気づいた瞬間、思わず頭を抱え込んだほどである。

「永野《ながの》さん、今日は何を作ってくれるの？」

「ひゃあっ!!」

長谷川係長はいつの間にか接近し、耳元で囁《ささや》く。

声がいい!! ……ではなくて、いったい何をしてくれるのかと、抗議の視線を送った。

「そんなに驚かなくても」

「け、気配がなかったので!」

「悪かったね、存在感がなくて」

「もっと示して下さい、存在を。ちなみに夜ごはんはメンチカツです」

夕食を教えたら帰るかと思いきや、そのまま背後に佇《たたず》んでいる。

「……あの、長谷川係長」

「何?」

「監視しないでほしいのですが」

「監視じゃないよ。見学しているだけだって。ダメなの?」

「ダメです」

なんというか、背後から感じる圧がすごい。それに、なんだか意識してしまい、ドキドキする。緊張するあまり、砂糖と塩を間違えそうなので、どうかリビングで待機していてほしい。

「何か、手伝うことある？」

「まったくないです！」

今はただ、安静に。消え入りそうな声で、お願いする。

肩の怪我は全治一ヶ月。明日でちょうど一ヶ月経《た》つ。長谷川係長はほぼ完治しているというが、それを判断するのは医者であり、長谷川係長ではない。

「明日、半休を取っているから、朝イチで病院に行ってくる。帰りは、怪異の邪気祓《ばら》いに、付き合えるから」

「ありがとうございます。でも、無理はしないでくださいね」

「もう、心配はいらないよ」

ここ一ヶ月もの間、私と長谷川係長は怪異の邪気祓いを休んでいた。代わりに、叔母の織莉子《ゆりこ》が見回りをしてくれている。私の担当地区にいる怪異は、そこまで強くない。だから、叔母の巡回を恐れ、尻込みしているのかまったく姿を現さないようだ。

今日も、叔母は「悪い子はいねが！　悪い子はいねが！」と秋田のなまはげに劣らない迫力でブツブツ呟《つぶや》きながら、浅草の町を巡回しているだろう。それも、今日で終わりだ。

「また、明日から、よろしく」

「私のほうこそ、よろしくお願いいたします」

長谷川係長は怪我をしていないほうの手を差し出す。それを、私は握り返した。

と、このように、私と長谷川係長の共同戦線は続いている。

# 第一章　陰陽師は部下を迎える（※ただし、相手は桃太郎の生まれ変わり）

私、永野遥香《はるか》は、浅草の町を守る陰陽師一家の端くれである。

ただし、漫画やアニメに登場する陰陽師みたいに、華麗に陰陽術を使い、怪異を成敗——なんてできるわけがなく。絶望的なまでに才能がなく、まともに戦うと目眩《めまい》、貧血、立ちくらみなどに襲われてしまう。

紛《まが》うかたなきへっぽこ陰陽師である私だったが、ある秘策があった。

それは、『甘味祓い』という呪術。怪異は甘い物が大好き。そして、怪異は邪気を体内に溜《た》めた結果、悪さをする。それに気づいた私は、怪異にお菓子を食べさせて邪気を祓い、悪さをしないよう導くことを思いついたのだ。甘味祓いでは、怪異は退治できない。けれど、問答無用で退治するよりいいだろう。

人間だって、悪い人と善い人がいる。

怪異だって、悪い者と善い者がいるに違いない。

人と怪異が、なるべく干渉しないようにするのが、陰陽師としての私の使命だと思っている。

陰陽師として活動を始めたのは、高校生のときから。大学生となり、卒業して社会人になっても、私は陰陽師として日々、甘味祓いを続けている。

正直、仕事と陰陽師の両立はかなりきつい。だが、永野家の皆は浅草の町を守るために、頑張っているのだ。父も、残業のあとに、自分が受け持つエリアの怪異退治に行く。母だって、パートと家事の合間に、陰陽師として活動している。私だけ、弱音を吐くわけにはいかない。体が動く限りは、頑張らなければ。

固く心に誓い、兼業陰陽師として、浅草の町を守るため日々奮闘していた。

そんな私に、思いがけない出会いが訪れた。それは、京都支社からやってきた新しい上司、長谷川正臣《まさおみ》。ただのイケメン上司だったらよかったのだが——彼は鬼の血を受け継ぐ一族の生まれだったのだ。つまり、リアルな鬼上司だったわけである。陰陽師と鬼が同じ職場にいるなんて、前代未聞。私みたいなへっぽこ陰陽師なんて、一捻《ひとひね》りでやられてしまう。

陰陽師であると露見しないよう戦々恐々と過ごす毎日であったが、あっさりバレた。敵か味方かわからない期間もあったが、今は協力して怪異の邪気祓いに行っている。

そんな私達だったが、思いがけない状況に巻き込まれた。それは、永野家最強の陰陽師であり、人気芸能人でもある叔母、織莉子の帰宅だった。

ちなみに、私が今生活しているマンションの一室は叔母名義である。管理する代わりに住まわせてもらっているのだ。叔母は既婚者で、夫婦で暮らす家は別に存在する。このマンションは陰陽師関係の仕事道具を保管する目的があるので、叔母が陰陽師だと知らない夫——私から見たら叔父には話していないようだ。

そんな複雑な事情を抱える叔母が、ある日鬼退治をしに帰ってきたのである。

話を聞いた私は、おおいに慌てた。叔母が打倒を掲げる鬼が、お隣に住んでいたからである。

それを知ってか知らずか、叔母と邂逅《かいこう》した長谷川係長は「遥香さんと親しくしている者です」などと発言してくれた。

叔母は長谷川係長を鬼だとわかっていなかったようだが、二人の間に挟まれた私はたまったものではない。

結局、叔母が倒そうとしていた鬼は、長谷川係長のことではなかった。邪鬼という、鬼に姿形が似ただけの存在だった。

そんな事件を追う中で、とんでもない事態となる。長谷川係長は私を庇い、怪我を負ってしまったのだ。

私がもっとしっかりしていたら、起こらなかったトラブルである。

怪我が治るまでの間、私は長谷川係長のために買い物に行ったり、料理を作ったり、掃除をしたりと、腕を動かせない彼の代わりに働く日々であった。

ちなみに、洗濯だけはさせてもらえなかった。なんでも、すべてクリーニング店に出しているのだという。

パンツまでもクリーニング店に出す男――長谷川正臣。

改めて、恐ろしいと思ってしまった。

◇◇◇

仕事の休憩時間に、メールの受信に気づいた。半休を取って、病院に行っていた長谷川係長からである。怪我をした肩は異常なし、という診断だったらしい。ホッと胸をなで下ろす。午後から出社した長谷川係長は、午前中の遅れを取り返そうとバリバリ働いていた。

終業後、私達は久しぶりに純喫茶『やまねこ』で待ち合わせをする。

「いらっしゃい――あ、永野ちゃん、いらっしゃい」

「ご無沙汰しておりました」

「長谷川係長が来たから、永野ちゃんも来ると思っていたよ」

マスターの明るい歓迎に、常連を自称していた者のひとりとして胸が痛む。ここ一ヶ月、バタバタしていて一度も来店していなかったのだ。

「長谷川係長、怪我をしていたんだってね。治ってよかったね」

それ以上何も聞かず、席へと案内してくれた。相変わらず、ワケアリ風に見えるだろう私達の関係について、一切言及しない。その点は、大変ありがたい。

先に来ていた長谷川係長は、手入れをしていない川に浮かぶ水草のようなドロドロした液体を飲んでいた。

「あの、長谷川係長、それはなんですか?」

「マスター特製、モロヘイヤジュース。カルシウムが豊富なんだって」

肩にヒビが入ったと知って、急遽《きゅうきょ》作ってくれたらしい。マスターの優しさが身に沁《し》みるような味わいなのだとか。

「永野さんも、飲む?」

「いや、いいです」

「遠慮せずに」

「大丈夫です」

モロヘイヤは嫌いではない。癖になる味わいで、個人的には刻んでヨーグルトに混ぜて食べるのが好きだ。

けれど、長谷川係長が口を付けたストローから、吸うわけにはいかない。間接キスになるので、恥ずかしいのだ。

モロヘイヤジュースは、とりあえず押し返す。

マスターがやってきて、「いつものでいい？」と聞いてくれる。いつものとは、アイスティーとサンドイッチのことである。私は笑顔で頷《うなず》いた。

「それにしても、完治したようで、ホッとしました」

「永野さんには、迷惑をかけたね」

「迷惑をかけたのは、私のほうですよ」

私がどんくさくなかったら、長谷川係長は怪我をしていなかっただろう。

「もう、私を庇わないでくださいね」

「え、なんで？」

「なんでって……」

この一ヶ月、私が罪悪感に駆られながら夕食を作っている姿を見て、何も思わなかったのか。叔母からレストランに誘われたが、それも断って長谷川係長のために夕食を作り続けたのだ。

いや、夕食作りの件は別に構わない。私の自己満足だ。もしかしたら、長谷川係長も若干迷惑に思っていたかもしれない。最大の問題は私がふがいないばかりに、長谷川係長を傷つけてしまったこと。それを、悔いているのだ。

「私の力で、癒やせたらよかったのですが……」

ここ最近、明らかとなった私の能力。それは、『癒やしの力』である。なんでも、怪我をした者が癒やしを受け取ることを望んだら、治すことができるらしい。

「能力を活《い》かせずに、すみませんでした」

「え、この前の怪我、永野さんの能力で癒やせたけれど？　肩のヒビくらいだったら、治ったんじゃない？」

「私の力で？」

長谷川係長はコクリと頷く。私の癒やしの力は、骨のヒビすらも治してしまうと？

いやいやいや、ありえない。

「できるかできないかはさておいて、どうして言ってくれなかったのですか？」

「そういうのって、自分から言い出すことではないと思って」

それに病院に搬送されてしまったので、癒やしの力を使って完治させたら医者に不審に思われる。そんな事情があったので、私に頼らずに治そうとしていたようだ。

「でも、この一ヶ月、痛かったでしょう？」

「痛かったけれど、一ヶ月間永野さんのお手製料理が食べられたから、怪我をして逆に得だったかな」

「得!?」

あんぐりと、開いた口が塞がらない。いったい、どういう思考回路をしているのか。一時期は、腕を上げることもできなかったくらいの痛みだと言っていたのに。たぶん、私の手料理がものすごくおいしい！　というわけではなく、外食やテイクアウトの料理に飽きていたのだろう。

「なんていうかさ、永野さんって、お人好《ひとよ》しだよね。俺が勝手に飛び出して怪我しただけなのに、責任を感じちゃってさ」

「普通の人は、責任を感じます」

「そっか。だったら、永野さんを庇って、もっと酷《ひど》い怪我をしたら、ずっと面倒を見てくれるのかな？」

「そういうの、冗談でも言わないでください!!」

自分でもびっくりするくらい、大きな声を出してしまった。ハッと我に返り、口を両手で塞ぐ。長谷川係長の反応を見たくなくて、顔を逸《そ》らした。他にお客さんはいないし、マスターは厨房《ちゅうぼう》で調理しているので、周囲に迷惑はかからなかっただろうが……。気まずい空気に耐えきれずに長谷川係長をちらりと見たが、作ったような微笑みを浮かべたまま。残念ながら、感情はまったく読み取れない。

「すみません、大きな声を出してしまって」

「いや、俺も悪かった」

気まずい雰囲気の中、マスターがアイスティーとサンドイッチを持ってきてくれた。もしかしたら、言い合いが聞こえていたのかもしれない。「ごゆっくり」とだけ言って、店の奥へと引っ込んでいった。気を遣わせてしまったようだ。

「何か、理由があるのですか?」

長谷川係長は眉尻を下げ、悲しそうな瞳で私を見る。

「すみません、聞いてはいけないことを聞いてしまって」

「いや、いいよ」

長谷川係長は遠い目をしつつ、話し始めた。

「昔……俺を庇って、死んだ女性《ひと》がいるんだ。それからずっと、その人のことが、忘れられなくて……」

だから、私を庇ってしまったというのか。その人は長谷川係長にとって大事な人で、今も心の中に在るのだろう。胸が、ズキンと痛む。悲しみと無念な気持ちが、伝わってきたからだろうか。よく、わからない。

「そのときから、たとえ自分に危険がおよぶとわかっていても、庇われるより庇ったほうがマシだと、思うようになってしまって」

「そう、だったのですね」

「永野さんは、絶対に、誰かを庇うなんて行動をしたらダメだからね。もしも誰かを庇って倒れるようなことがあったら、一生恨むから」

長谷川係長は世間話をするように軽い口調で話したが、言葉自体は重たかった。どこか後ろ向きな、ほの暗さを感じ取ってしまう。空気が、また一段と陰気なものとなる。どうすれば、長谷川係長が明るく元気になるものか。とりあえず、話題を変えたほうがいいだろう。

話題を探すために視線を泳がせたら、壁にポスターが貼ってあることに気づく。浅草ほおずき市の開催を知らせるものであった。

「あ——ほおずき市！」

突然の発言に、長谷川係長は目を丸くする。

「え、何？」

「ほおずき市ですよ、ほおずき市！」

浅草ほおずき市――それは浅草寺《せんそうじ》で行われる、歴史ある催しだ。

「それ、何？」

「知らないんですか？　年に一度、大変な功徳をいただける日なのですよ」

功徳というのは、今世と来世に幸せをもたらすありがたいお恵みだ。

「浅草寺は毎月一回、功徳日といって、観音様から一回のお参りで百日から千日分参拝したのと同じ功徳をいただける日があるんです。それで、ほおずき市がある七月十日は、一回参拝しただけで、一生分に相当する四万六千日分の功徳がいただける日なのですよ」

「一生分って、四万六千日分は、百二十六年もあるんだけど」

「百二十六年が、人の寿命の限界だそうで」

ほおずきは魔除《まよ》けの力があり、昔は雷除けのお守りとして大切にしていたらしい。

「ほおずき市は七月九日、十日の二日間あるようですが、功徳が最大限にもたらされるのは、十日なんです」

他にも、千日以上の功徳をいただける日はあるが、一生分には満たないのだ。

とにかく、ほおずき市がある十日に観音様にお参りしたら、一生分困らないほどの幸せがもたらされるというわけである。

「へえ、浅草にそんな催しがあったんだね」

魔除けの効果は、長谷川係長にこそ必要なものだろう。ありったけの勇気を振り絞り、長谷川係長を誘ってみる。

「その……長谷川係長さえよければ、私と一緒にほおずき市に行きませんか？」

今年は木曜日と金曜日。金曜日は会社の創立記念日で休日だ。ちょうどいいと思い、提案してみた。

「年に一度の、大大チャンスなんです！」

「そこまで言うのならば、行ってみようかな」

「ありがとうございます」

そんなわけで、長谷川係長と一緒にほおずき市に行くことが決まった。


小腹を満たしたあと、担当地域を見回ったが、怪異の姿はなかった。ここのところ叔母が巡回していたので、怖がって人前に出てこないのかもしれない。マンションに戻り、ドアの前で別れる。

「長谷川係長、今日の夕食は、大丈夫ですか？」

「この前永野さんが作って冷凍してくれたカレーでも食べるよ。じゃあ、また明日」

「はい。お疲れ様でした」

「お疲れ」

今日一日、大きな事件はなかった。ホッと胸をなで下ろす。何事もなく終わりそうだ。と思っていたが、部屋の中には人の気配があった。

リビングのほうから飛び出してきたのは、よく見知った人物である。

「遥香、おかえりなさい!!」

「わっ、織莉子ちゃん！　えっと、ただいま」

久しぶりに、叔母はマンションにいた。このところ、夫婦の時間を大事にしているようで、ここには立ち寄らなかったのだ。

「どうしたの？」

「明日から、海外だから。一回ここにも寄っておこうと思って」

「そうなんだ。今回も長いの？」

「二ヶ月くらいかな」

叔母と話しつつ、鞄《かばん》の中に入れっぱなしだったハムスター式神、ジョージ・ハンクス七世を取り出し、ケージに移してあげる。ひまわりの種を餌箱に注ぎ入れ、水も新しいのに替えた。

『おう、遥香、ありがとうな！』

「いえいえ」

ジョージ・ハンクス七世は私と契約を交わしており、このようにお喋《しゃべ》りもできる。得意技は拳を使った強力なパンチで、威力はボクサー並み。だが、私が陰陽師として未熟なばかりに、上手《うま》く使役できずにいた。

最近、ジョージ・ハンクス七世は長谷川係長とも契約を結んだ。そのため、実力を発揮できる状況にある。ちなみに永野家は全員、ハムスターの式神と契約を結んでいる。全員ハンクスと家名が付いているものの、血縁関係ではない。ジョージ・ハンクス七世という名の七世は、永野家に使役される七匹目のゴールデンハムスターという意味なのだ。

「そうそう。遥香に、トムを預かってもらおうと思って」

叔母はポケットに入れていたハムスターを、私に差し出す。

『ボンソワール、マドモアゼル』

トムはハムスター用に作った小さな帽子を上げ、爪楊枝《つまようじ》のように細長いステッキを掲げながら、挨拶してくれる。

ジャンガリアンハムスターのトムは、叔母のハムスター式神だ。

「久しぶり、トム・ハン――」

『ノンノン。私のことは、ミスター・トムで』

「あ、そうだったね」

ケージに連れて行くと、ジョージ・ハンクス七世が手にしていたひまわりの種を放り投げて飛びかかってくる。

『火鼠《ひねずみ》野郎じゃないか！』

『久しいな、ミスター・ジョージ』

火鼠野郎という呼び名は、ミスター・トムが火を使った呪術が得意なことが由来だという。ジョージ・ハンクス七世とミスター・トムは、小さな手をガシッとつかみ合い、友情を確かめあっていた。ケージの中に入れてあげると、仲よさそうにひまわりの種を食べ始めた。

「織莉子ちゃん、どうして今回は、ミスター・トムを置いていくの？」

いつもは織莉子ちゃんの夫である叔父が、しっかり面倒を見ていたはずだ。

「うちの人、仕事を辞めて、今は私のマネージャーをしているのよ」

「ええっ、そうだったんだ！」

叔父は、一ヶ月前怪異騒ぎがあった印刷会社『ホタテスター印刷』に勤務していた。社長は逮捕されたものの、会社自体はなくならず、営業を続けていたらしい。だが、これまで通りの従業員を抱える余裕はなく、叔父は希望退職を選んだようだ。

「マネージャーがちょうど産休に入るから、だったら引き継いでもらおうかしらって思ったわけ」

マネージャーなので、叔父は海外にもついて行く。でも、式神といえどハムスターは海外に連れて行けないので、私に面倒を見るよう頼みたかったようだ。

「トムのこと、よろしく」

「任せて」

叔母はミスター・トムにも、私を助けるように言ってくれた。

「そうそう。織莉子ちゃん、一ヶ月間、巡回してくれて、ありがとうね」

「いいのよ。長谷川さんの怪我の原因は、私にもあるから」

永野家最強の陰陽師と言われていた叔母だったが、『ホタテスター印刷』事件のときは叔父を庇って倒れてしまった。陰陽師の仕事に私情を持ち込んでしまったと、数日は落ち込んでいたらしい。けれど、くよくよしていたって仕方ないと思い直し、私の代わりに浅草の町を巡回してくれたのだ。

「怪異だけれど、織莉子ちゃんにびびっていたからか、今日は一体も姿を現さなかったんだよ」

「この辺りの怪異は、腰抜けばかりね」

「まあ……そうだね」

他の地域に比べたら、私の担当エリアは平和なほうなのだ。殺人事件だって、一回も起きていないし。

「そうそう。遥香にプレゼントがあったんだわ！」

「プレゼント？」

叔母が台所のほうから笑顔で持ってきたのは、長方形の和紙に包まれた何か。

「待って、織莉子ちゃん。それ、まさか着物じゃないよね!?」

叔母から高価な贈り物を貰《もら》うと、分不相応だと母に怒られてしまう。そのため、構えてしまったのだ。

「安心して。着物じゃなくて、浴衣よ」

「なんだ、浴衣かーって、とんでもなくいい浴衣なんじゃないの!?」

「大丈夫よ。何十万とするものじゃないから」

何十万としなくても、確実に数万はするだろう。

「どうして、私に？」

「『ホタテスター印刷』事件、解決のお礼に」

「いや、私は何もしていないんだけれど」

頑張ったのは、長谷川係長である。私は、一緒について行って足手まといになっただけだ。

「遥香が調査を頑張って、長谷川さんを巻き込んだ結果、解決したのでしょう？」

「そ、そうだけれど……」

「遥香が浴衣を着てさらに可愛《かわい》くなったら、長谷川係長も喜ぶから。ね？」

「なんで長谷川係長が喜ぶの？」

「あなた達、付き合っているんでしょう？」

「付き合っていないって。それに――」

「それに？」

「長谷川係長、好きな人を、亡くしたみたいなの」

「そうなの？」

「うん」

私が入る隙なんてないような気がした。なんだか、気分が落ち込んでしまう。しょんぼりしているように見えたからか、叔母は私をぎゅっと抱きしめてくれた。

「遥香、亡くなった人について考えるのは無駄ってものよ。どうあがいたって、勝てないんだから」

「そう、だよね」

「どうせ、遥香のことだから、アプローチはしていないんでしょう？」

「だって、相手は上司だし、年上だし、生活感のないイケメンだし」

それから、鬼だし。……これに関しては、絶対に言えないけれど。

「遥香、恋は当たって砕けろ、よ！」

「砕けたらダメなんじゃないの？」

「そうだったわ！」

「もう、織莉子ちゃんったら」

叔母と話しているうちに、明るい気分になってきた。今日、会えてよかった。ひとりだったら、いろいろ後ろ向きな思考の渦に巻き込まれて、暗い気分になっていただろう。

「ひとまず、アタック第一弾は、浴衣でメロメロ作戦にするのよ。この浴衣を着たら、最強に可愛いから！」

「うん。織莉子ちゃん、ありがとう」

せっかくなので、どんな浴衣か拝見させていただく。紐《ひも》を解き、和紙を開いた。

「――わあっ！」

叔母が私のために選んでくれた浴衣。それは、紺色の生地にゆるやかな波が描かれ、その上を真っ赤な金魚が泳ぐという可憐《かれん》な一枚であった。白い帯を締めて、清楚《せいそ》なイメージで仕上げるらしい。

「すてき！」

「でしょう？　花色衣《はないろころも》さんの前を通ったとき、ひと目見て、これは遥香が着なくてはって、思ったのよね」

「あ、これ、花色衣さんの浴衣なんだ」

花色衣は、叔母が長年ご贔屓《ひいき》にしている着物のお店だ。着物を作ったり、クリーニングをしたり、着物の修繕をしたり。着物に関することだったら、なんでも承ってくれるお店である。

「あと半月は店頭に飾るつもりだったみたいなんだけれど、我が儘《まま》を言って売ってもらったの」

「そうだったんだ」

「かっぱ橋本通りである、下町七夕まつりとかに着ていくのはどうかなと思って」

下町七夕まつりとは、かっぱ橋本通りに華やかな七夕の飾りがズラリと立ち並ぶお祭りだ。三十回以上開催されており、最近は七夕飾りの間からスカイツリーが見える『映えスポット』としても人気らしい。

会場は七夕飾りだけでなく、模擬店や屋台も並び、毎年賑《にぎ》わっている。

通常の祭りは夜に賑わいを見せるが、下町七夕まつりは午前十時から始まるのも特徴だろう。

「実は、ほおずき市に行こうと思っていて」

「あら、そうだったの？　また、渋いところに行くわね」

「魔除けのほおずきと、一生分の功徳をいただこうかなと」

「あー、なるほど。陰陽師的には、そっちのほうがいいかもしれないわね」

とてつもない人数が訪れることになるので、なるべく朝早い時間に行こう、という話になっている。

「そういえば、朝から浴衣を着ても、大丈夫なのかな？」

「どうして？」

「その、浴衣って夕方から夜に着るイメージだから」

浴衣のはじまりは、平安時代。なんと、当時は貴族の入浴着だったようだ。その後、浴衣は湯上がりのときに着る通気性のよいものとして愛用される。

時代が流れるにつれて、浴衣は湯上がりに着用するものから、夏期の外出着として広まっていったらしい。そして、現代では夏祭りの定番の装いとなっている。

ただ、いくら普及したとはいえ、浴衣は夜のイメージがある。それに略装でもあるので、着ていく場所も限られているだろう。

「七夕まつりは昼でも浴衣を着ている人を見かけるから、大丈夫じゃないの？」

「そうだけれど……」

最近、マナーについて、あれこれ言う人がいると小耳に挟んだことがある。せっかく気合いを入れて浴衣で出かけるのだから、陰でヒソヒソ言われたくない。

「遥香、気にしすぎよ。今は着物業界も勢いが年々落ち込んでいるから、若い人が着てくれるだけで嬉《うれ》しいと思うわ」

「だったらいいけれど」

私が変な恰好《かっこう》をしていたら、一緒に歩いている長谷川係長までいろいろ言われてしまう可能性がある。

だから余計に、きちんとしていなくてはと思うのかもしれない。

「あ、でも、観音様にお参りするなら、浴衣はラフ過ぎるのかな？」

「ああ、観音様か。うーん、そうね。大丈夫だと思うけれど、どうしても気になるのだったら、浴衣をフォーマルな装いに近づけることもできるわよ」

「そうなの？」

「ええ。襦袢《じゅばん》に足袋、草履を合わせたらいいの。お祭りに行ったあと、お座敷の店に行くときも、気にならないだろうし」

「なるほど。そういうテクニックがあるんだね」

しかしそうなれば、私ひとりで着付けはできないだろう。どうしようか悩んでいたら、叔母は解決策を提示してくれた。

「花色衣さんに、着付けを頼んだら？」

「でも、朝早いし、難しいんじゃない？」

「大丈夫よ。花色衣さんは、着物関係のことなら、なんでも承ってくれるから」

叔母はすぐに、花色衣に連絡してくれた。無事、予約を受け付けてくれたというので、ホッとする。

◇◇◇

あっという間に、ほおずき市の当日を迎えた。朝の六時に花色衣に向かう。

町屋風の外観のお店、『浅草和裁工房　花色衣』――。ショーウィンドーには、白地の生地に川のせせらぎと鮎《あゆ》が描かれた浴衣が展示されていた。

ぼんやり見つめていたら扉が開かれ、声がかかる。

「おはようございます」

ひょっこりと顔を覗《のぞ》かせたのは、私と同じ年頃の従業員だ。朝顔が描かれた、薄物仕立ての着物を上品にまとっている。にっこり微笑みながら、店内へと誘ってくれた。

「おはようございます」

「永野様ですね。お待ちしておりました」

「すみません、こんな朝早くから」

「いえいえ、どうかお気になさらず。今日は雑誌の撮影の日で、従業員は早出勤だったのですよ」

「そうだったのですね」

私が予約を入れたのは、ちょうど手が空く時間だったらしい。叔母が無理を言ったのではとハラハラしていたが、迷惑でなかったとわかりホッとした。

「もしかして、ほおずき市に行かれるのですか？」

「そうなんです。あの、観音様への参拝は、浴衣で大丈夫ですよね？」

「正式参拝であるのならば、浴衣ではお断りされるでしょうけれど、一般参拝ですので問題ないですよ」

正式参拝というのは、七五三や初参り、厄除けなど、ご志納金を納めて本堂に上がり、祈禱《きとう》をしてもらうものだ。

一方で、本堂の前でお賽銭《さいせん》を入れて拝礼するのは、一般参拝という。こちらは、普段着でも構わないようだ。

「今回はフォーマルに近い装いを目指しますので、観音様もにっこりなさるかと」

「だったら、よかったです」

この親切な従業員は白河《しらかわ》さんと言うらしい。なんと、叔母が購入した金魚の浴衣を作った和裁士だという。

「わ、そうだったのですね。叔母が無理を言って、売ってくれと言ったみたいで」

「いえいえ。お求めいただけて、とっても嬉しかったです」

それから、白河さんと会話に花を咲かせてしまう。聞いたら同じ年だったので、余計に話が合うのか。今度、ゆっくりお茶でもしよう、という話になった。

まずは、浴衣に合った化粧を施してもらう。

今日の気温は三十度以上だと予報があったというので、崩れにくく浴衣映えする化粧をしてくれるようだ。その辺はどうしたらいいのかわからないので、非常に助かる。

髪型は毛先を巻いてから、サイドポニーにしてくれるらしい。ヘアアイロンで髪を巻くものだと思っていたが、見慣れない道具を出してきたのでぎょっとした。

「それ、なんですか？」

「オートカールアイロンですよ」

髪を一房手に取ってアイロンに挟むと、自動で巻き取ってカールを付けてくれる画期的なものだという。

「私、巻くのが超絶苦手で、いつも自分の髪をチリチリに焼いてしまっていたんです。パーマをかけても、なかなか維持できなくて。そんな中で、これを友達に教えてもらったのですよ。きれいに巻けるので、目から鱗《うろこ》でした」

コンセントに繋《つな》いでしばらく温めたあと、白河さんは私の髪を巻いてくれる。自動で髪を巻き取り、十数秒経ったらアイロンから髪を外す。すると、くるんと縦に巻いた髪になっていた。

「うわ、すごいですね、これ」

「そうなんです！」

白河さんはどんどん髪を巻き、サイドポニーにしてくれた。

「こんな感じで、いかがでしょう？」

「いつもと印象が違って見えます。ありがとうございます」

「いえいえ。では、続けて浴衣の着付けに移りますね」

白河さんは喋りながらも、するすると着物を着付けてくれた。

襦袢は太陽の下でも暑くないよう、通気性のいい麻のものを着せてくれる。これは浴衣用の、半襦袢と呼ばれるものらしい。袖が短いので、浴衣の袖から見える心配もないようだ。

浴衣を着込み、帯を締める。名古屋帯を締めると、より着物らしく見えるという。足袋をはいたら、着付けは完了となる。姿見で、確認させてもらった。

「おかしなところや、違和感があれば、なんでもおっしゃってください」

「いや、なんていうか、すてきに仕上げていただいて……感激しています！」

「よかったです」

今日は暑くなるので、しっかり水分を取っておくようにと言ってくれた。

「着物はトイレに行きにくいから、我慢して倒れちゃう人もいるんです」

「気持ちはわかります」

着物が皺《しわ》になってしまうかもしれない、形が崩れてしまうかもしれない。そんな心配が、着物にはまとわりつくのだ。

「あ、でも、水分の取りすぎにも注意ですよ。私、失敗したことがあるんです」

なんでも、お付き合いしている男性とデートにでかけるときに、気合いを入れて着物を選んだらしい。

四月だったそうだが、初夏のような暑い一日だったという。

「それで、相手が私を心配してくれて、頻繁に冷たいお茶を飲ませてくれたんです。そうしたら――」

デート中尿意が収まらなかったと、小さな声で耳打ちする。

「そうなったら、デートを楽しむ余裕なんてなくて。どこにトイレがあるかとか、どういう言い訳をしてトイレに行こうかとか、頭の中がトイレでいっぱいになったんですよ。デート中なのに」

笑ってはいけないのだけれど、笑ってしまう。白河さんも控えめに微笑んでいたが、堪えきれなかったのかぷっと噴き出していた。

「ちなみに、その彼氏さんとは？」

「今もお付き合いしています」

「よかったです」

そんな感じがしていたのだ。末永く、幸せに過ごしてほしい。

お茶にはカフェインが含まれているので、余計にトイレに行きたくなったのだろう。着物のときは、ノンカフェインの飲み物がいいというわけだ。

「永野様、水分補給をするならば、常温の水がオススメですよ。冷たい飲み物には、利尿作用があるようなので。汗を掻《か》くので、塩分を取るのも忘れずに――って、すみません、こんな話をしてしまって」

「いいえ、参考になります」

暑いと、ついついさっぱりした冷たいお茶を欲してしまう。着物を着ているときは、ちょっと待てと自制をかけなければいけないだろう。

「そのままほおずき市に行かれるのですか？」

「いえ、一度家に戻ろうかと」

家に帰って一時間だけのんびりして、そのあと長谷川係長と共にほおずき市に出かける予定である。

着付けをした部屋から廊下に出て、販売フロアへと戻って行ったら、女性の叫び声が聞こえた。

「モデルが、すっぽかしただと――――!!」

よく通る、はきはきとした声だった。

白河さんは私を振り返って会釈し、「ちょっと見てきますね」と言って店のほうへと走って行く。私は出て行かないほうがいいのかも。そう思ったが、ここで待っているわけにもいかない。白河さんの、あとに続く。

フロアには、叔母が懇意にしている和裁士の八月一日《ほづみ》さんと、二十代半ばくらいの女性がいた。

肩口で揃《そろ》えた髪を金に染めており、目は猫のようなアーモンド形。白いノースリーブにデニムパンツを合わせた美人である。モデルみたいに顔が小さくて、背も高い。オシャレで、思わず「東京の人だー」と思ってしまう。

いや、私も東京生まれ、東京育ちなのだけれど。

金髪美女は電話で誰かと話していたが、私のほうを見て突然叫んだ。

「あ、いるじゃない!!」

電話を切り、ズンズンとこちらへやってくる。

「この子、どこ所属？　条件にぴったりなんだけど」

金髪美女の迫力に圧されていたら、八月一日さんが止めに入ってくれる。

「陽菜子《ひなこ》さん、陽菜子さん、待ってください。そちらは、お客様です」

「え、やだ、ごめんなさい」

女性はこちらが申し訳なくなるほど、深々と頭を下げる。続けて八月一日さんまで謝るものだから、焦ってしまった。

「妻が、大変失礼をいたしました」

「あ――そう、だったのですね」

この金髪美女は、八月一日さんの奥様なのか。すぐに、申し訳なさそうに名刺を差し出してくれた。

「これはこれは、ご丁寧に」

名刺には、『あおい出版』の編集と書かれていた。そういえば、以前八月一日さんがそんな話をしていたような。

なんでも『雅《みやび》』という、四十代から六十代向けの着物雑誌の編集さんらしい。今日は朝から、花色衣のお店の前で撮影をする予定だったのだとか。

「親子で浅草街歩きというテーマで撮影する予定だったのだけれど、娘役のモデルにすっぽかされてしまって」

「そうだったのですね」

それで私を見るなり、ぴったりのモデルがいたと言ってしまったようだ。

「私の顔が写らなくてもいいのであれば、ご協力しましょうか？」

「え、いいの？」

「はい。この恰好で、よろしければ」

「ありがとう!!」

八月一日さんの奥様は涙目で、お礼を言ってくれた。

撮影は十五分ほどで終わる。母親役のモデルさんと並び、花色衣のお店の前でパチリと数枚写真を撮られた。

「永野さん、ありがとう！　本当に、助かった」

「いえいえ」

モデル料までいただいてしまった。ただ立っていただけなのに申し訳なく思ったが、ありがたく受け取る。後日、見本誌も送ってくれるという。まさかの雑誌デビューを飾ることとなった。

その後、八月一日さんがタクシーを呼んでくれたので、素早く帰宅。ジョージ・ハンクス七世とミスター・トムは、すうすうと寝息を立てながら眠っている。人混みの中を行くので、彼らは連れていかないほうがいいだろう。

ジョージ・ハンクス七世は長谷川係長とも契約しているので、何かあったら喚《よ》んでもらえばいい。

叔母に感謝の気持ちを伝えるメールを送っているうちに、約束の時間となった。家のチャイムが鳴ると、ジョージ・ハンクス七世とミスター・トムがハッと目を覚ます。

「ジョージ・ハンクス七世、ミスター・トム、行ってくるね。何かあったら、喚ぶから」

『おうよ！　気を付けていけよ』

『マドモアゼル、アデュー！』

ハムスター式神の見送りを受けつつ、玄関の外に出た。

長谷川係長は私を見るなり、目を丸くする。

「あ、やっぱり、朝から浴衣は、おかしいですか？」

「いや、言葉を失うほどの可愛さで……！」

「はい？」

何か早口で言ったようだが、聞き取れなかった。とりあえず、不快感や非難するような感じではなかったので、「悪くない」みたいなことを言ったのだろう。

長谷川係長は、七分袖の黒いチェスターコートに白いシャツを着て、下は黒のスキニーパンツを合わせている。靴は、歩きやすいカジュアルなキャンバスシューズを履いていた。相変わらず、オシャレである。

「あの、長谷川係長――」

「永野さん、ちょっと待って」

「なんですか？」

「前から言おうと思っていたんだけれど、プライベートで係長呼びはちょっと」

「そういえば、そうですね」

なんとお呼びすればいいのか。しばし迷う。

「……長谷川様？」

「お得意様じゃないんだから。下の名を呼び捨てにしてもいいよ。名前、知ってる？名刺、あげようか？」

「下の名前では絶対に呼ばないので、名刺はいりません」

「え、なんで？」

「は、恥ずかしいからです！」

「へえ、そう」

それ以上追及してこなかったので、ホッと安堵《あんど》する。が、次の瞬間、とんでもない提案をしてきた。

「だったら俺は、遥香さんって、呼んでもいい？」

「それもダメです」

長谷川係長は眉尻を下げ、雨の日に捨てられた犬のような目で私を見る。そんなふうに私の良心に訴えるような顔をしても、ダメなものはダメなのだ。

「会社以外では、長谷川さん、とお呼びします」

口にしたあと、急に恥ずかしくなる。長谷川係長から係長を抜いてさんを付け加えただけなのに、どうしてこうも照れてしまうのか。

これまでの私は、係長という言葉に助けられていたのだ。

「立ち話はこれくらいにして、行こうか」

「そうですね」

長谷川係長は、当然のように私に手を差し伸べる。危うく握り返しそうになったが、手と手が触れる寸前でおかしいと気づいた。

「いや、なんで手を繋ぐんですか」

「だって、今日の浅草寺は、とんでもない人混みだし」

それは、否定できない。たしか、去年の来場者数は二日間で五十万人を超えていると耳にしたような。

「で、でも、会社の人に、手を繋いでいるのを見られたら、何か言われるのでは？」

「いや、手を繋いでいてもいなくても、一緒にいる時点で、何か言われるでしょう」

「そ、そうでした！」

あらぬ噂《うわさ》が広まったら、長谷川係長の出世に響きそうだ。

職場恋愛が禁じられているわけではないものの、同じ課の上司と部下がお付き合いしているとなれば、変なふうに勘ぐられてしまう。

「今日は、離れて歩きましょう」

「なんで？」

笑顔なのに、ドスの利いた京都訛《なま》りで言い返すところが恐ろしい。

「私とお付き合いしていると、勘違いされたくないでしょう？」

「別に構わないけれど？　なんだったら、今日からお付き合いする？」

「お断りをいたします」

軽いノリで言われたので、私もサラリと返す。

内心、「なんで断ったんだ！」と責める自分もいた。けれど、長谷川係長とお付き合いするなんて、ありえない。

イケメンで仕事もできる長谷川係長は、おおいにモテる。私が彼女となったら、会社の女性陣の反応が恐ろしい。

それに、長谷川係長が好きだった人について考えると、なんだか引っかかる。ふたりの世界に割って入る、邪魔者のように思ってしまうのだろう。

「永野さんって、酷いよね。この前も、結婚を申し込んだのに聞こえなかったふりをしていたし」

「それは、あまりにも軽いノリで言うから」

「だったら――」

急に、長谷川係長は真面目な表情でジッと私を見つめる。私生活では滅多に見せない顔だ。

「永野さん、結婚を前提に――」

「おやおや、いいですねえ。浴衣ってことは、ほおずき市ですか？」

長谷川係長の背後から現れたのは、不動産屋さんだった。その後ろに引き連れている若い男女は、部屋を見学にきたご夫婦らしい。同じ階の住人が一ヶ月前に引っ越したので、このフロアに住んでいるのは私と長谷川係長だけだったのだ。

だから、共用部分の廊下でだらだらとお喋りができたわけで。

不動産屋さんと別れ、そのままエレベーターへ向かう。

長谷川係長が真面目に告白しかけていたが、あれは本気だったのか。聞くに聞けないまま、ほおずき市の会場にたどり着いてしまった。

「わー、すごいですね」

浅草寺の周辺は、いつも以上に人で賑わっている。まだ朝の八時過ぎだというのに、すでにとんでもない人混みができあがっていた。

浅草寺の境内に、ほおずきを売る屋台がズラリと並んでいる。ほおずきの真っ赤な実に、青々とした葉を生やした様子は浅草の風物詩だろう。

ちりん、ちりんと、風鈴の澄んだ音が、心地よい気持ちにさせてくれる。

屋台で売られているのは、風鈴付きのほおずきの鉢植えに、ほおずきの枝、かごに詰められたほおずきなどなど。

人力車のお兄さんが着ているような、腹がけに股引《ももひ》き法被姿でほおずきを売っている人の姿も見かける。

と、ほおずき市の様子をじっくり眺めている暇はない。次から次へと人が押し寄せているので、どんどん歩かなければならないのだ。人の波に呑《の》み込まれそうになるが、長谷川係長が私の手を握り、助けてくれた。

「だから言わんこっちゃない」

本日二回目の、京都訛りのコメントをいただく。慣れた言葉遣いだと、迫力が増すようだ。

彼がそうなってしまうのも、私がどんくさいからで。申し訳なくなる。

長谷川係長は私の手を握ったまま、先へ先へと歩く。

「あ、あの、長谷川さん」

「何?」

「私、手汗がとんでもないので、手を離していただきたく、思っているのですが」

「迷子になるから、ダメ」

「そ、そんな!」

おそらくこれは、誘導なのだろう。小さな子どもを保護するような気持ちで、手を引いているに違いない。きっとそうだ。

本堂に近づくにつれて、人が多くなっている。皆、熱心に祈っているからだろうか。押しくら饅頭《まんじゅう》のように、ぎゅうぎゅうに押しつぶされそうになる。これは朝の出勤ラッシュかと、突っ込みたくなるような人の多さだ。

ひとりだったら、あっという間に押しつぶされていただろう。けれど今日は、長谷川係長が守るように私を引き寄せ、歩きやすいように導いてくれる。

やっとのことで、観音様の本堂にたどり着いた。手と手を合わせ、手短に祈りを捧《ささ》げる。

私が願うことはひとつだけ。どうか、長谷川係長が無理をしませんように。

後ろがつかえているので、すぐに本堂の前から去った。

「しんど……」

「本当に」

一応、浴衣に触れてみたら、着崩れている様子はない。白河さんがきっちり着付けてくれたおかげだ。自力で着ていたら、今頃は見るも無惨な状態になっていただろう。

「そうだ！　雷除札を、ゲットしなければ！」

ほおずき市が開催される日のみ授与される、雷除札。

かつて、落雷による災害で困り果てていた時代に、赤トウモロコシを鴨居《かもい》に吊《つる》していた家だけが被害に遭わなかった、という噂話が瞬く間に広まった。その翌年から、落雷から身を守るために、多くの人々が赤トウモロコシを求めるようになったらしい。

一度、赤トウモロコシが不作だった年に、竹ひごに三角形のお守りを差した雷除けが販売されるようになった。それがきっかけで、雷除けのお守りとしての授与が始まったのだという。

そんな雷除札の現代においての御利益は、邪気祓いに家内安全。なんとも至れり尽くせりなお守りだ。

お守り授与所で、雷除札をふたついただく。

「あとは、ほおずきですね。鉢にしますか？　それとも、枝にしますか？」

「鉢は、世話できそうにないな」

「だったら、長谷川さんは枝で、私は鉢を買うようにしましょう」

ほおずきが売られている通りに戻り、どれがいいかじっくり調査する。

「どれも同じに見えるんだけれど」

「ほおずきの色が鮮やかで、葉に艶があるのがいいんです」

十五分ほど見て歩き、これだ！　というほおずきの鉢を購入した。ほおずきの色艶もよかったが、一緒に吊されていた金魚の風鈴が可愛かったのだ。

ほおずきの鉢を胸に抱いて持っていたら、長谷川係長が取り上げる。

「大丈夫ですよ。そこまで重たくないですし」

「浴衣が汚れるから」

「あ、そうですね。ありがとうございます」

その後、隅田川沿いにある老舗鰻《うなぎ》屋でお昼を食べることにした。わざわざ、予約をしてくれていたらしい。

風情ある外観のお店の、のれんをくぐる。お座敷だったので、足袋を穿《は》いてきてよかったと、心から思った。

窓から、隅田川とスカイツリーが望める。見慣れた景色と言えばそうなんだけれど、休日に、長谷川係長と見たらまた違って見えるような気がした。

会話もなく、ただただぼーっと川のせせらぎを眺める。

日頃の疲れが、癒やされたような気がした。

注文後、運ばれてきたうな重を前に、熱いため息を吐いてしまう。まだ蓋すら開いていないのに、タレの匂いが漂っていた。同時に、お腹《なか》がぐーっと鳴る。

手と手を合わせて、いただきます。

蓋を開くと、つやつやな鰻が並んでいた。思わず「ああ……！」と声をあげてしまった。

この輝き、まさに文化遺産！　そんなことを思いつつ、鰻を食べる。

鰻の身はやわらかくて、ご飯にはタレが染みこんでいる。身はふわふわで、口の中は瞬く間に至福となった。タレは上品で、甘さよりも醤油《しょうゆ》の味をしっかり感じるタイプだ。

あっという間に、ペロリと平らげてしまった。

お昼を食べたあとは、どこにも立ち寄らずに帰宅する。朝も早かったので、正直眠たい。

「永野さん、ありがとう」

「なんのお礼ですか？」

長谷川係長はほおずきの枝を掲げる。

「祭りに、付き合ってくれて」

「ああ、それが目的でしたね」

「お礼に、何か買いたかったんだけれど」

浴衣でなかったら、お買い物とかにも行けただろう。やはり、慣れない服装は疲れてしまうのだ。デートに出かけるときは、スニーカーがいい。勉強になった。

「何か、欲しい物とか、必要な品とかある？」

お礼をしなくとも、鰻の代金を支払ったのは長谷川係長だ。十分、気持ちは伝わっている。そう言っても、納得する様子は見せなかった。

「そうだけれど、もっと、ぬいぐるみとか買ってあげたかったなって」

「なぜ、ぬいぐるみ一択？」

「なんとなく」

「長谷川さん、私のこと、小さな女の子と勘違いしていません？」

「あ、ごめん」

「ごめんじゃないですよ。そこは、嘘《うそ》でも否定してほしかったです」

長谷川係長はぷっと噴きだし、それからお腹を抱えて笑っていた。無意識のうちに、ぬいぐるみと決めつけてしまったらしい。長谷川係長の私に対するイメージは、幼い少女なのだろうか。だとしたら、がっくりとうな垂れてしまう。

「ごめん、引き留めて。また、月曜日に」

「はい」

そんな言葉を交わして、長谷川係長と別れる。

楽しい一日だった。

◇　◇　◇

朝——出勤すると、皆がソワソワしていて落ち着かない様子だった。

また、会社の裏口にたぬきでもいたのか。それとも、男子トイレにツバメの巣でもできたのか。そういうので、大変盛り上がる会社なのである。

「あ、永野先輩、おはようございます！」

元気よく挨拶するのは、一年後輩の杉山《すぎやま》さん。アッシュブラウンに染めた髪を、芸術的なまでに巻いているイマドキ女子である。

「何かあったの？」

「今日、新入社員が、配属されてくるらしいんです」

「へえ、そうなんだ」

四月に入社し、六月に研修を終えたばかりの新入社員が、今年はうちの課にもやってくるそうだ。

「木下《きのした》課長が今年の新入社員は、イケメンって言っていたんですよ」

「盛り上がるわけだ」

なんだか、長谷川係長がやってきたときの女性社員の色めき立つ様子を思い出してしまう。職場がサバンナと化して、肉食獣となった女性社員が長谷川係長を狙う様子は恐ろしいとしか言いようがなかった。

「前回の長谷川係長のときよりは、みんな落ち着いているね」

「そりゃそうですよ。新入社員なんて、子どもですもん！　私、年下は恋愛対象外なんです。永野先輩は、どうなんですか？」

「そういうの、考えたことがなかったな」

「もっと、普段から考えていたほうがいいですよ。そういう人ほど、泥沼にハマって抜け出せなくなるような恋に落ちるんです」

「うっ！」

心当たりがありすぎて、胸が痛くなる。

長谷川係長という底なし沼から一刻も早く抜け出したいのに、もがけばもがくほど、深く深くへと沈んでしまうのだ。

「最初から、こういう人が好きだとわかっていたら、好みの人に出会っても冷静な行動ができるんです」

「なるほど」

「全部、少女漫画の受け売りですけれど」

「杉山さん、漫画読むんだ」

「読みますよー。週末、書店で漫画を買って、夜更かししながら読むのが趣味なんです」

「へー、意外。週末はカラオケとか飲み会に行っているかと思っていた」

「それも楽しいですけれど、静かに過ごしたいときがあるんですよ」

そんな会話をしていたら、山田《やまだ》先輩がやってくる。妻子を愛する、明るくてちょっぴりお調子者な先輩だ。

そんな山田先輩も、周囲の様子がいつもと違うことに気づいたようだ。

「ん？　なあ、杉山、今日って、監査か何かあるの？」

「違いますよ。今日配属される新入社員が、イケメンっていう噂なんです」

「あー、なるほど。しかし、みんなイケメンが好きだな」

「嫌いな人、いるんですか？」

「世界中のどこかには、いるんじゃない？」

そんな話をしているうちに、長谷川係長がやってくる。

「おはよう。三人とも、今日も楽しそうだね」

「あ、はーい」

私達は仲良しトリオだと思われているようで、いつも楽しそうだと長谷川係長は言う。

最初に山田先輩が入社して、そのあと私が入社し山田先輩から教育を受け、最後に杉山さんが入社して私が教育係となった。そのため、結束力は他の人達よりも強いのかもしれない。

長谷川係長がデスクにつくのと同時に、始業開始のチャイムが鳴る。

木下課長が、ひとりの青年を連れてやってきた。

「永野先輩、新入社員の子、噂通りけっこうイケメンでしたね」

杉山さんがヒソヒソと話しかけてくる。私は前に立っていた山田先輩の背中に隠れて、よく見えなかった。

新入社員はピヨピヨ鳴くヒヨコのようだと、言われている。それを、教育係たる先輩がしっかり教育するのだ。今回は、誰が指名されるのやら。

もしかしたら、杉山さんかも？　などと予想してみる。

朝礼をするため、木下課長のデスクの周りに集まった。

木下課長の隣に立つ新入社員は――たしかにイケメンだ。

ぱっちりとした目は好奇心旺盛な輝きを放ち、鼻筋はスッと通っていて、唇は猫の口元のような笑みを浮かべていた。アイドルグループにいそうな雰囲気である。髪型はショートマッシュというやつなのか。オシャレ上級者にしか真似《まね》できない髪型だろう。髪色は若干明るめの、オレンジブラウン系。遠目からでも、サラサラなのがわかる。細身のスーツを皺なく着こなしているのも、彼のイケメン度をぐっとアップさせていた。

「えー、今日からこの課に配属される、桃谷絢太郎《ももたにあやたろう》君だ。皆、いろいろ教えてあげるように」

美術館にある芸術品を見つめるような気持ちで視線を飛ばしていたら、先ほど紹介された桃谷君とバチっと目が合ってしまった。

不躾《ぶしつけ》な視線だったと反省するのと同時に、目の前がカッと真っ白になった。加えて、突然目眩を覚える。

いったい何が起こったのか。戸惑う中で、ある情景が脳裏にドロリと流れ込んでくる。

それは、今ではない。ずっと昔の話——千年以上も前の日本だ。

急に、刀で斬りつけられたはせの姫と、顔を血で染める月光《げっこう》の君の姿が浮かんだ。

そして、驚愕《きょうがく》の表情を浮かべる、桃太郎《ももたろう》。

目の前がチカチカしていたが、すぐに回復する。

再度、桃谷君と目が合ったその瞬間、声をあげそうになった。当然、咄嗟《とっさ》に口を手で塞ぐ。

まさか、ありえない。

何に驚いたのかといえば――桃太郎の顔立ちと桃谷君の顔はまったく同じだったのだ。

これは、いったい何なのだろうか。夢に登場する人物と、同一人物と見まがうような人と出会うなんて。

このような偶然が、現実にありえるとは。

以前から平安時代っぽい風景や人物が登場する夢を、頻繁にみていた。

だが、内容はよく覚えていない。病弱なはせの姫と、鬼である月光の君が恋に落ちて、最後ははせの姫が死んでしまう、という悲恋っぽい内容だったような気がする。

ただ、それに至るまでにいろいろあったような、なかったような。酷く記憶が曖昧だった。

はせの姫と月光の君は、顔が塗りつぶされたようになっていて思い出せないのに……。

それにしても、驚いた。もしかしたら彼は、桃太郎の生まれ変わりなのか。などと考えて、いやいやないないと心の中で否定する。

しかし、ハッと気づく。桃谷絢太郎——名前を短くしたら、桃太郎である。

本当に、彼は桃太郎だというのか。

だとしたら、職場に鬼と桃太郎が揃ったことになる。まだ断定はできないが。

因縁の鬼と桃太郎がひとつのフロアに……。考えただけでも、ガクブルと震えてしまう。

そんなことを考えていたら、私の名を誰かが呼んだ。

「——永野さん！」

「んん？」

突然名前を呼ばれて、ハッとなる。ぼんやりしていたので注意されたのか。と、思ったものの、私の名を呼んだ木下課長はにこにこしていた。注意されたわけではないのか。

桃太郎についての記憶が甦《よみがえ》ったせいで、話をまったく聞いていなかった。

皆の注目が集まり、額にドッと汗を掻いたような気がする。

なぜ、呼ばれたのだろうか。まだ、周囲に聞ける雰囲気でなかった。

最後に拍手で桃谷君を歓迎し、これにて朝礼は終わりである。すぐに、隣にいた杉山さんが声をかけてくる。

「永野先輩、教育係のご指名、おめでとうございます」

「え!?」

「あ、やっぱり木下課長の話、聞いていなかったんですね」

「そ、それは……」

「名前を呼ばれたとき、ぽかーんとしていたんで、そうだと思っていたんですよ」

杉山さんには、バレていたようだ。

「この件は、内密に」

「売店のアイス一個で手を打ちましょう」

「ありがとう」

そんな話をしていたら、木下課長が私を呼んだ。イケメン新入社員を、改めて紹介してくれる。

「永野さん、桃谷君だ。いろいろと、指導してやってくれ」

「はい」

桃谷君は私を見るなり、人懐っこい犬のような微笑みを浮かべて挨拶してくれた。

「頑張りますので、よろしくお願いいたします」

「よろしくね」

　握手を交わしたあと、デスクに案内する。

「あのー、質問なんですけれど」

「はい？」

　桃谷君は人好きするような明るい笑顔で、とんでもないことを言ってきた。

「遥香先輩って、呼んでもいいですか？」

　なぜ、下の名前で呼びたいのか。理解に苦しむ。

　可愛らしく小首を傾《かし》げる桃谷君に、社会人の洗礼を浴びせる。

「いや、普通にダメだよ」

「えー」

　あまりにもカジュアルな反応に、がっくりとうな垂れる。なんだか、とんでもない大物新人を引き受けてしまった。

　果たして、私の気力は保つのだろうか。それだけが心配だった。

# 第二章

# 陰陽師は鬼と桃太郎の間で板挟みになる（※ただし、戦いではなく恋愛絡みで）

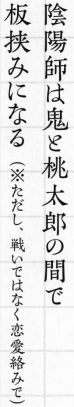

桃谷君は、すこぶる優秀な子だった。どんどん教えたことを吸収している。杉山さんを教育したときも思ったけれど、これが若さか！

褒めたら褒めたで――。

「遥香先輩の教え方が上手なんですよ！」

なんて言うし。ちなみに、「遥香先輩はやめて」と訴えたが、聞く耳は持たなかった。もう、半日の間に何度も同じやりとりをして疲れたので、好きに呼ばせている。

お昼のチャイムが鳴ったので、休憩に行くように勧めた。

「遥香先輩、一緒に食堂に行きましょうよ」

「私、お弁当なの。休憩室で食べるから」

「へー、自炊しているんですね。偉いな」

「偉くないよ。食堂に行くのが面倒なだけ」

「あー、わかります」

食堂や売店は最上階である五階にある。エレベーターは役職者とお客様しか使えないので、それ以外の社員はせっせと階段を上らないといけないのだ。これが、地味にきつい。運動になると前向きに捉える人もいるが、私は午後の仕事に響くので絶対に無理だと思っている。

「それに、ガヤガヤしたところより、静かなところで食べたくて」

「そうだったのですね。すみません、知らずに誘ってしまって」

「いえいえ、お気になさらず」

そんな話をしているうちに、新入社員らしき男女のグループがやってくる。一緒に食堂に行こうと、桃谷君を誘っているようだ。私は手を振って、送り出す。

姿が見えなくなったあと、思わずため息が零《こぼ》れてしまった。

「永野先輩」

「ひゃあ！」

背後に杉山さんがいたので、驚いてしまった。たまにこうして、気配なく私の後ろに立っていることがあるのだ。

「ど、どうしたの？」

「いや、桃谷、超チャラくないですか？」

「あー、いや、チャラいっていうか、天真爛漫《てんしんらんまん》なんだと思う」

家族や友人に愛され、まっすぐに育った子なのだろう。杉山さんは納得しないのか、眉間に皺を寄せている。

「あ、私も今日弁当なんです。一緒に食べましょう」

「あ、うん」

休憩室に移動する。そこには、お弁当組がいて、各々昼食を食べていた。私と杉山さんも、端っこの席に座ってお弁当を広げる。

杉山さんはずっと食堂で食べていたが、最近はお弁当を作っているようだ。なんでも、SNSのネタにするために、日々頑張っているらしい。お弁当を作る理由が、今風である。毎日どんなものを作ったか見せてくれるのだが、昨日はお花畑みたいなサラダを見せてもらった。その前は、キャラクターを模した海苔巻《のりま》きだった。

今日の杉山さんのお弁当は、有名なキャラクターを模したパンであった。本物そっくりで、クオリティはかなり高い。

「相変わらず、すごいね」

「これ、四時起きして作りました」

「体を、壊さないようにね」

「大丈夫です。飽きっぽいので」

パンだけでは足りないだろうと思い、からあげと卵焼きを分けてあげる。

「わー、ありがとうございます。永野先輩のからあげと卵焼き、おいしいんですよね。なんか、お母さんの味って感じで」

「ありがとう」

お礼にパンをひとつ分けてくれた。青く着色されたパンで、まったく食べようという気にならない。けれど、せっかくいただいたものなので、「えいや！」と心の中でかけ声をかけながら食べる。

「あ、おいしい」

「でしょう？」

見た目はアレだが、味はおいしかった。ただ、いったい何で着色したのだと気になってしまう。

「杉山さん、これ、どうやって青くしたの？」

「ブルーハワイを使ったんです」

「ブルーハワイって、かき氷の？」

「はい」

かき氷のシロップでこんな色鮮やかになるとは。

「正直、まずそうですよね。食欲が湧かないっていうか」

「杉山さん、それ、自分で言う？」

「言っちゃいます」

堂々たる物言いに、笑ってしまったのは言うまでもない。

「そうそう。奴《やつ》の話に戻りますけれど――」

奴というのは、桃谷君である。

「永野先輩、気をつけてくださいね」

「気をつけるって？」

「多分、奴は永野先輩狙いだと思うんです」

「え、なんで？」

「私、見たんですよ。永野先輩がパソコンのディスプレイを見て一生懸命説明しているときに、カエルを狙うヘビみたいな顔で見つめているところを。きっと、永野先輩に一目惚《ひとめぼ》れをして、落とそうと狙っているんですよ」

「ちょっと待って。その言い様だと、私がカエルってことになるじゃない」

「永野先輩、問題はそこじゃないんですよ！」

杉山さんから見て、桃谷君は私に好意があるように見えたらしい。

「なんか、食べちゃいたいとか、そういう顔でした」

「さすがに気のせいじゃないの？　初対面の相手を、そんな目で見ないでしょう？」

「気のせいじゃないです！　私、そういう男を何人も見てきましたから」

「うーん」

別に、仕事をしているときは変な感じはなかったし、性根は真面目だという印象だ。

だから、杉山さんの話を聞いてもイマイチ、ピンとこない。

「あの、永野先輩、最近モテているって、自覚しています？」

「え、何それ」

「最近、急にどかんときれいになったんです。彼氏でもできたんですか？」

杉山さんの指摘に、頬がカーッと熱くなっていくのを感じた。

彼氏はいないが、恋はしている。それだけで、人は変わるものなのか。

「でも、よかったです」

「何が？」

「永野先輩に、好きな人ができたことです。なんか、永野先輩ってぽやーっとしているから、永野先輩に好意を寄せる男が現れて、ぐいぐいと押されて、そのまま流される、みたいな感じになると思っていましたもん」

「いや、そんなバカなことは……」

あった。過去の彼氏が、だいたいそんな感じだった。でもそういうお付き合いって、たいてい長続きしない。気持ちが一方通行だからだろう。

「でも、私が好きだからといって、相手も好きになってくれるとは限らないし」

「好きになりますよ。永野先輩ですよ!?」

なんだ、その説得力は。よくわからなかったが、杉山さんはふざけているわけではない。真剣に、訴えてくれている。

「でも、慎重になってくださいね。永野先輩くらいの年になると、お付き合いに結婚も視野に入れているでしょうから」

「それは、まあ……」

友達で結婚した人も数名いるし、婚約者がいる人だっている。確かに、結婚は意識してしまうような年齢だ。

「永野先輩は可愛くて、派手じゃなくて、穏やかで、優しくて、働き者で、お料理上手で、仕事も丁寧で。男の人は、好きになるに決まっているんです。でも、永野先輩の表面的な部分を好きになった人と、結ばれてほしくはないなって、思うんですよ」

「それって、どういうことなの?」

「男の中には、ずるい人がいるんです。結婚後のビジョンを思い浮かべて、この人だったら家事や育児を任せられるな、みたいに打算的な考えを持つ人が。そういう人と結婚できると、男は楽ができるんです。家のことはすべて、任せられるので。でも今の時代は、女だけが子育てと家事を担う時代じゃないんですよ。男とか女とか関係なく、家族となった人間は助け合って生きていくべきなのです。大事なのは、女子力、男子力ではなく、圧倒的な人間力！　だから、永野先輩のお弁当を覗き込んで、いいお嫁さんになりそうとか言い出す男は、私がぶっとばします」

「わーお」

杉山さんは人間観察が趣味である。だから、こういう部分もズバリと見抜いてしまうのだろう。

ぼんやり生きている私とは、人の見え方が違っているのかもしれない。

「もしも、お付き合いすることになったら、私に紹介してくださいね。歪《ゆが》んだ部分があったら、ビシバシ指摘しますので」

「いや、なんていうか……ははは」

長谷川係長とお付き合いすることになったと杉山さんに紹介したら、どういう反応を示すのか。気になるところではある。まあ、絶対にありえないけれど。

「永野先輩の恋、上手くいくといいですね！」

「杉山さん、ありがとう」

長谷川係長には、心から愛する人がいた。その人はすでに亡くなっているけれど、たぶん、今も好きなのだろう。

亡くなった人のことを考えると、こんな会話もなんだか気が引ける。

「永野先輩、ライバルがいても、遠慮したらダメですよ！　狙った獲物は、容赦なくかぶりつくんです」

「いや、それはちょっと……」

「恋は、始まりも終わりも、ふたりの問題なんです。だから、外野なんて、気にしたら負けなんですよ」

杉山さんは言う。恋に勝てと。その考えは、私の中に驚くほどストンと落ちてきた。

「結婚する前のデートは、いろいろしておいたほうがいいですよ。特に、ドライブデートがオススメです」

「どうして？」

「運転って、その人の本性が見えやすいんです。運転中にちょっとしたことで悪態ついたり、舌打ちしたりするような人は、日常生活でもイライラして、それをパートナーにぶつける人が多いんです」

「な、なるほど」

「あとは、子ども達がたくさんいる公園もオススメですよ。子どもがキャッキャ騒いでいるのを、可愛いと思うか、うるさいと思うか、無視か。反応を見るのも参考になるかと」

「それって、子どもが好きかどうかを見るの？」

「そうです」

「でも、他人の子どもには無関心だけれど、自分の子どもは可愛いタイプもいるのでは？」

「その中でも、暇なときは子どもを可愛がって、疲れているときや忙しいときは相手にしないタイプもいるんです。だから、自分と関係ない子どもがいる状況で、どんな反応を示すかを、見たいのですよ」

「そ、そっか。審査、厳しいね」

「当たり前ですよ。自分の人生に関わることですから。会社だって、面接を何度もするでしょう？　それと同じです。相手も同じように、私を審査すればいいだけの話なんです」

他人に厳しいだけでなく、自分にも厳しい。立派な心構えだと思う。杉山さんがこれだけの行動をするようになったのは、あるきっかけがあったのだという。

「前に、バーベキューをしに仲間で出かけて、彼氏の友達の彼女が率先して野菜を切ったり、肉を焼いたりしていたんです。何回か手伝おうかと申し出ても、ゆっくりしていていいよって言われたからその通りにしていたんですよ。そうしたら彼氏が言ったんですよ。お前みたいな何もしない女と結婚したくねーって。それを聞いてぶち切れて、別れたんですよね。やっぱりそういう人って、結婚しても家事や料理は女がして当たり前って、思うんだろうなーと。子どもの頃、家族でバーベキューに出かけたときは、みんなで野菜をカットして、ギャアギャア騒ぎながら肉や野菜を焼いていたんですよ。それが、楽しかったんです。だから、女がしなくちゃいけないみたいな言動に、腹が立ってしまって」

結婚するならば、価値観や育った経済環境が似ている人がいい。そんな話をよく聞く。けれど、実際にそこまで見て、結婚したという例は少ないだろう。

「それぞれ異なる環境の中で育った人達が一緒になるって、難しいことだよね」

「そうなんです。トイレットペーパーひとつで大喧嘩《おおげんか》になる夫婦もいますし」

「あー、わかるかも。トイレットペーパーはダブルかシングルか、どこのメーカーがいいか、柄つきがいい、ないほうがいい、価格帯はどれくらいが妥当か。トイレットペーパーひとつで、いろいろ問題があるんだよね。そんな小さな問題が、いくつも積み重なると、ああ無理！　って思うのかもしれない」

杉山さんは、こくこくと頷いている。

「ただ好きってだけじゃ、乗り越えられない問題があるんですよね。だから、結婚相手は慎重に選ばないといけないのですよ」

そのすべての難を、恋という一文字が隠してしまうわけだけれど。その辺は、難しい問題である。

「人の表面に見える部分を好きになるんじゃなくって、奥底に隠されている人間力に触れて、好きになりたいんですよね。だから、永野先輩の好きな人も、永野先輩の人間力に触れて、好きになってほしいなーって、思ったわけです」

私の好きな人の話から、ずいぶんと飛躍してしまった。

気がついたら休憩室にいた女性全員が、杉山さんの話に聞き耳を立てて、うんうんと頷いている。

「すみません、なんか、熱くなっちゃって」

「私、杉山さんのそういう熱いところ、けっこう好きだよ」

「永野先輩……！」

話に夢中になり、お弁当を食べていなかった。急いで食べ、フロアに戻る。

「あ、遥香先輩！」

桃谷君は笑顔で手を振る。相手は成人男性。人懐っこい犬のような雰囲気なので、よーしよしよしと撫《な》でたくなるが、惑わされてはいけない。

「これ、売店で買ってきました。どうぞ」

差し出されたのは、新製品のチョコレート。

「わー、これ、CMを見て気になっていたの。もらってもいいの？」

「はい！」

「あとで、休憩時間に一緒に食べようね」

「楽しみにしています」

そんな会話をしつつ、午後の仕事にとりかかった。

終業三十分前に、桃谷君は木下課長に呼び出される。これから面談をするようだ。

「面談とか、大変だねー」

と、杉山さんに向かって語りかけたつもりだったが、彼女の姿はなかった。いつの間にか、どこかへ行ってしまったらしい。

「面談は、永野さんもね」

「はい？」

振り返った先にいたのは、鬼上司、長谷川係長である。なぜか、圧のある笑みを浮かべていた。私は、何かしでかしたのか。

ドキドキしながら、使っていない会議室へと向かう。

座るように言われたので腰掛けたけれど、長谷川係長は立ったまま腕を組んで私を見下ろしていた。

いや、長谷川係長も一緒に座ってほしい。見下ろされるのは、正直言って恐ろしかった。

いったい何を聞き出すというのか。ドキドキしながら待つ。

「チョコレート、おいしかった？」

「え？」

「桃谷からもらったチョコを、小休憩のときに、嬉しそうに食べていたよね？」

「あ、いや、まあ……おいしかったです」

「それはよかった」

凄絶に見下ろされながら言われても、ぜんぜん「よかった」という意味に聞こえない不思議。

「なんだか、ずっと楽しそうにしていたけれど？」

「いや、楽しくないですよ。仕事ですもの。大変です」

「でも、永野さん、遥香先輩って呼ばれて、嬉しそうに見えたよ」

「嬉しくないです。名前で呼ばないでくださいって、何度か注意しました」

言い返した瞬間、空気がピリッと震えた。長谷川係長は目を細め、私を見下ろす。

そして、にっこり微笑みながら言葉を返した。

「よお言うわ」

京都訛りが出た瞬間、全身に鳥肌が立つ。恐ろしくて、ガタガタ震えてしまった。

立ち上がって謝ろうと思ったが、鷹《たか》の爪《つめ》のようにガシッと肩を摑《つか》まれる。

しゃがみ込んだ長谷川係長と、目線が同じになってしまった。額にぶわっと、汗が浮かんでいるような気がする。

話はまだ終わっていないと言いたいのだろう。

眼力が、とんでもない。

どうして見つめるだけで、ここまで他人を萎縮させることができるのだろうか。ある意味、才能だろう。

久しぶりかもしれない鬼上司モードに、冷や汗が止まらない。

私はまったく悪くない。指導だってきちんとしたたし。なんて言葉は、喉がカラカラで出てこなかった。

また、先ほどのような言葉を浴びたら、二度と立ち直れないだろう。

それにしても、顔が近い。赤の他人だったら押し返していたが、相手は好意を寄せる相手。顔は、相変わらず羨ましいくらい整っている。だが、怒っているので、ずっと見ている余裕はなかった。

明後日《あさって》の方向を見ようとした瞬間、ふと気づく。長谷川係長の顔色が悪いことに。

ここで、ピンとくる。

ありったけの勇気を振り絞って、話しかけた。

「あ、あのっ！」

邪気が溜まっているのではないか。そう思って、ポケットの中に入れていたのど飴《あめ》を、そっと長谷川係長に差し出す。

これは邪気を祓う、甘味祓いの呪術をかけたものだ。これを食べたら、楽になるかもしれない。そう思って、差し出す。

無視されると思ったが、長谷川係長はのど飴を受け取ってくれた。

のど飴を口に含んだあと、何やら「は――」とため息をつく。その後、向かいの席に腰掛けた。

「永野さん、ごめん」

「へ？」

「私情を、持ち込んだ。永野さんは悪くないのに、怒ってしまって……」

「あ、いいえ！ きちんと指導できない私が悪いのです」

「永野さんは悪くない。悪いのは、馴《な》れ馴《な》れしく名前で呼ぶ桃谷だから」

桃谷君が配属されるときに、最初は同性である山田先輩に教育を任せるつもりだったようだ。しかし、木下課長が桃谷君と山田先輩は仕事をするにおいて相性が悪いと判断。

「たしかに、ふたりともお調子者っぽいですからね」

次に、候補に挙がったのは、なんと杉山さん。一人前に仕事もこなせるようになったので、教育という経験を積ませてもいいのではと判断されたらしい。

しかし、杉山さんも、桃谷君とは相性が悪いと判断された。そして最終的に、私に白羽の矢が立ったのだという。

「もう永野さんしかいないって、木下課長が言ったんだ」

上司の言うことは絶対。反対する理由もなかったので、そのまま教育係は私に決まったようだ。

「人事課とギリギリまで話し合っていたから、永野さんに事前に知らせることができなかったみたいで」

確かに、言われてみれば杉山さんの教育を担当するときは、一週間前に木下課長から話があった。今回はいきなりだったので、余計に驚いてしまった。

なんでも、桃谷君は新入社員の中でも期待されているエースのようで、いろいろ慎重になっているらしい。

通常であれば営業部でバリバリ育てる。しかしそれで潰れた新入社員が何人もいるため、うちの課でゆっくり育てようという流れになったのだという。

「なんていうか、永野さんに押しつける形になって、本当にごめん。という話をしにきたはずなのに、自分の怒りのほうを優先してしまった。人として、本当に恥ずかしいよ」

こんなにしょんぼりしている長谷川係長は、初めてかもしれない。桃谷君がやってきて、いつもよりフロアが落ち着かない雰囲気になっていたから、邪気の影響がいつもより多かったのだろう。

「嫉妬していたんだと思う」

「え？」

「永野さんと桃谷が、仲良くしているのを見て、苛立《いらだ》ってしまったんだ。面談の相手が、桃谷じゃなくて、よかった。何をしたか、わからない」

大人げない……！　と思いつつも、彼は普通の人ではない。鬼の血を引いている。

いや、その前に、嫉妬というのはどういうことなのか。

「長谷川係長、桃谷君と、仲良くしたかったのですか？」

「永野さん、俺の話、きちんと聞いてた？」

「す、すみません」

だって、桃谷君と仲良くしている私を見て、嫉妬したとかありえないから。

まだ、桃谷君と仲良くなりたかった説のほうが、信じられる。

「まあ、とにかく、桃谷にあまり気を許さないように」

「わかりました」

そんなわけで、ドキドキハラハラ、戦々恐々たる面談は終了となった。

今日はこのまま歓迎会である。一旦、終業で解散し、一時間後に現地集合だ。今回は屋形船を貸し切るという、豪華な宴会である。あまり、船は得意ではないのだが、会社の付き合いだ。頑張るしかない。

会社を出る直前に、山田先輩が声をかけてくる。

「永野、今日は豪勢に屋形船での宴会だからな。新卒のエースを受け入れるから、予算がいつもより多かったんだよ。いい船を確保したから、楽しみにしておけよ」

幹事は山田先輩だったらしい。引きつっているであろう笑顔で、「楽しみにしていまーす」と返す。自分でもびっくりするくらい、棒読みだった。

船乗り場は会社近くの駅より徒歩五分の場所にある。会社で着替えてそのまま行く人が大半だが、私は一度家に帰らせてもらう。

ひとまず、皆に別れを告げて家までダッシュだ。こういうとき、会社から徒歩十分のエリアに住んでいると楽である。

まず、鞄に入れっぱなしだったジョージ・ハンクス七世とミスター・トムをケージに移した。

「ごめんね、窮屈な思いをさせて」

『気にしなくていいんだよ、マドモアゼル。私達は、眠っていただけだからね』

『夜行性だからな』

　そんなことを言いながら、ジョージ・ハンクス七世は回し車を猛烈に回し始める。ミスター・トムは優雅に水を飲んでいた。

　私は急いでシャワーを浴びる。それから髪の毛がしっとり仕上がる叔母のドライヤーで髪を乾かし、クローゼットの中にある夏用スーツを引っ張り出して着た。

『おお、マドモアゼル。それが、夜会に着ていくドレスなのかい？』

「そうだけれど」

『嘆かわしい。喪服のようだ……』

「喪服じゃないよ。礼装だよ」

　もっと華やかなドレスを着ていくようにとミスター・トムからアドバイスを受けたが、そんなことをしたら顰蹙《ひんしゅく》を買うだろう。このスーツこそが、日本の正しき正装なのである。

　ワンピースとかのほうが露出とかスカートの丈とか逆に気を遣うので、これはこれでありがたい。

　髪もいつもの通りポニーテールにして、再びジョージ・ハンクス七世とミスター・トムを鞄にご案内し、家を出る。

外に飛び出していったら、見知った顔と遭遇することになった。

「あ、どーも」

「桃谷君!?」

「あれ、ここに住んでいるんですか？」

「そうだけれど」

「うわー、いいなー。ここ、めっちゃいいマンションですよね。永野先輩、実は、お嬢様なんですか？」

「違う、違う。叔母の家に居候しているの」

「そうなんですね」

「桃谷君も、もしかしてこの辺に住んでいるの？」

「はい。俺はアパートですけれど」

ここのマンションから少し離れたところに、いくつかアパートがある。そこに住んでいるのだろう。

ふと、桃谷君が傘を持っているのに気づいた。

「あれ、このあと雨が降る予報がでていた？」

雨が降るとしたら、傘を取りに帰らなければならないだろう。地味に荷物になる折りたたみ傘は、梅雨が終わったタイミングで鞄から出してしまったのだ。

「これ、日傘ですよ。まだ太陽が照るかと思って持ってきたのですが、あっという間に暗くなってしまったので、ただの荷物になってます」

「そうだったんだ」

桃谷君は暑さ対策に、日傘を持ち歩いているらしい。

「やっぱり、男が日傘を使うのは、おかしいと思いますか？」

「いやいや、ぜんぜんおかしくないよ。むしろみんな、男女関係なく使ったほうがいいって」

日傘は女性が持ち歩くイメージがあるが、夏でも長袖長ズボンの男性にこそ必要な品だろう。

炎天のもと、日傘を差しているだけでかなり涼しいというのを、知らない人は男女関係なく案外多いのだ。

「よかった。なんか、新卒の間では変な奴、みたいに言われたから」

「日傘のすばらしさを、知らないだけなんだよ」

「ですよね」

初夏といえど、朝からうだるような暑さだ。私も桃谷君を見習って、日傘を手に出退勤しなければ。

「あ、そうそう。さっき、木下課長に注意されて――」

「注意？」

「はい。遥香先輩って呼ぶなって」

「ああ……」

木下課長から見ても、目に余る言動だったのだろう。仏のように優しそうに見えるが、言うときははっきり言う人なのだ。だから、たくさんの部下から慕われている。

私も木下課長がいなかったら、今頃この会社にいなかっただろう。

「木下課長に指摘されて気づきました。その、すみませんでした」

「いいよ。今後、会社で呼ばないのであれば」

「会社以外だったら、いいんですか？」

よくない。ぜんぜん、よくない。

「遥香先輩、ありがとうございます」

キラキラした目で、お礼を言ってくる。こんなに嬉しそうな表情を見たら、「会社以外でもダメ」だなんて言えない。しかしまあ、会社以外で桃谷君と会うこともないだろう。ひとまず、好きにさせておく。

「宴会とか、外部のイベントとかでも、呼んだらダメだからね」

「わかっていますよ。遥香先輩と呼ぶのは、プライベートのときだけです」

果たして、許してよかったのか。まあ、会社の人と深く関わることはないのだ、大丈夫だろう。

「これから船着き場に行くんですよね？　一緒に行きましょう」

「あ、うん。そうだね」

無邪気に手を差し出すので、ついつい握りそうになった。「手は繋がないから」と言うと、「弟と歩くときのくせで、つい……！」と気まずそうにする。

なんでも、年が離れた弟さんがいるらしい。

「へえ、今、何歳なの？」

「六歳です」

六歳児と間違われる私っていったい……。気にしたら負けだと思う。

「あ、急いだほうがいいかも」

「すみません、話し込んじゃって」

「いえいえ。急ぎ足だったら、ぜんぜん間に合う——えっ!?」

「どうしたんですか？」

「桃谷君、肩にスズメが止まっている！」

「うわ、本当ですね！」

しっしと追い払っても、桃谷君の肩に止まる。

「なんか、子どものときから、鳥に好かれるんですよね」

「それはまた、難儀な……」

桃谷君が走ると、スズメは余所《よそ》に飛んでいった。

「なんというか、大変だね」

「もう、慣れっこです」

そんな会話をしつつ船着き場に行くと、スーツの集団を発見。山田先輩が点呼を取っているところだった。

「遅刻するところだったですね」

「危なかったね」

ヒソヒソ話していたら、長谷川係長がやってきた。

「あ、長谷川係長。お疲れ様でーす」

あの長谷川係長に、「お疲れ様でーす」と声をかける桃谷君が強すぎる。長谷川係長は気分を害した様子もなく、にこにこ微笑んでいた。

「ふたりとも、ここまで一緒にきたの？」

「はい！　永野先輩のマンションの前で、偶然出会って」

「そうだったんだ」

穏やかに返しつつも、長谷川係長は「住所バレしとるやないかい」という非難の視線を私に向けていた。

「長谷川係長は、どこに住んでいるのですか？　やっぱり、六本木の億ションとか？」

「桃谷君は、俺にどんなイメージを持っているのかな？」

「裏で株やってて、なんか大儲《おおもう》けしているイメージです」

「ははは」

長谷川係長は笑っているが、「黙れ小僧」くらいの圧を私は感じてしまった。桃谷君は気づいていないようだけれど。

「永野、いるかー？」

「はいはーい！　桃谷君と長谷川係長もいます」

「お、元気がいいな。特別に、上座に案内してやろう」

「いや、山田先輩、そういうの、本当にいいので」

「遠慮するなって！　今日は桃谷が主役だから、上座に座らせておくように人事部長に言われているんだ。教育係である永野も、一緒にいてやれ」

「うわぁーい……」

そんなわけで、桃谷君と一緒に上座に通されてしまった。桃谷君は本日の主役なのでいいかもしれないが、私は嫌だ。適当に、端っこのほうで気配を消しておく予定だったのに。

真向かいには、人事部長の大平《おおひら》さんと長谷川係長が座っている……というよりは、座らされていた。巻き込まれ事故だろう。木下課長は少し離れた場所に、ちょこんと腰を下ろしていた。

長年働いている面々は、この無礼講に戸惑っているように見えた。杉山さんくらいの若い社員は、受け入れているようだけれど。まあ、頑張ってくださいとしか言いようがない。

料理が運ばれ、各自瓶ビールを自分のグラスに注ぐ。司会進行をする山田先輩が開宴の挨拶をし、続けて大平部長からありがたいお言葉をいただく。

山田先輩がはりきって、乾杯の音頭を長谷川係長に促す。

「長谷川係長より、乾杯のご発声をいただきたいと思います！」

長谷川係長は流れるような挨拶をし、皆の注目が集まる中でビールの入ったグラスを片手に音頭を取った。

「乾杯！」

杯を交わしたのと同時に、船が動き始めた。

どんぶらこ、どんぶらこと屋形船は進んでいく。

お料理は新鮮な魚介を使ったお造りと、数種類の小鉢、それから和牛の鉄板焼き。

船が動き出したら、気分が悪くなってきた。刺身はそのまま食べないほうがいいだろう。以前、具合が悪いときに食べたら、お腹を壊してしまったことがある。今日は和牛用の鉄板で、刺身を焼いてからいただく。

「あ、それ、おいしそうですね」

刺身があまり得意ではないという桃谷君も、真似をして鉄板で焼き始める。

「なんかこういうの、きちんと食べないとダメだと思っていました」

「きちんとしないといけないけれど、それで体調を崩したら迷惑をかけてしまうからね」

「先輩、勉強になります」

桃谷君は、お酒も苦手らしい。その辺も、無理しなくていいと言っておく。

「ビールはそこまでにして、あとはジュースを飲んだらいいよ」

「永野先輩、ありがとうございます」

それでは遠慮なく、と言って、桃谷君はジンジャーエールを頼んでいた。それを見た大平部長が、やいやい言ってくる。

「おいおい、桃谷。子どもじゃないんだから、酒を飲め、酒を」

桃谷君はこれ以上お酒を飲みたくないのだろう。眉が、八の字になる。

そんな彼に助け船を出したのは、長谷川係長だった。

「好きなものを、飲んだらいいんですよ。大平部長も、ジンジャーエール飲んでみません？　けっこうおいしいんですよ」

「長谷川、お前な……」

「すみません、ジンジャーエールは一つではなく、三つで！」

問答無用で注文する。長谷川係長のこういう怖い物知らずなところは、本当に好ましい。桃谷君も、ホッとしたような表情を浮かべていた。

それから、長谷川係長は大平部長に瓶のジンジャーエールをお酌し続けていた。なんていうか、本当に強い。

なんでも、大平部長はお医者様からお酒を控えるように言われていたらしい。その情報を握っていた長谷川係長は、問答無用でジンジャーエールを注いでいた。

「長谷川係長、いい人ですね」

桃谷君の呟きを聞いて、口に含んでいたジンジャーエールを噴き出しそうになった。口から出る寸前でごくんと飲み込んだが、咳《せ》き込んでしまう。

「永野先輩、大丈夫ですか？」

「ええ、大丈夫」

長谷川係長は悪い人ではないが、いい人でもないだろう。桃谷君は純粋だから、そう見えてしまうのかもしれない。逆に、私の心が汚れているから、長谷川係長のことをたまに「悪い人だな」と思ってしまうのだろう。

「俺、地方から出てきたんで、いろいろ不安だったんです。でも、ここの人はみんな、いい人達ばかりで安心しました」

「そっか」

大学も地元で、実家から通っていたらしい。初めての独り暮らしな上に、見ず知らずの土地なので不安だっただろう。

「桃谷君のご実家はどこなの？」

「岡山です。うち、桃農家で」

実家が岡山で、家業は桃農家。名前は桃谷と、桃尽くしである。

ちなみに三歳年上のお兄さんがいて、家業を継いでいるらしい。下に双子の姉妹と、小学三年生の弟、六歳の弟がいるという。なかなかの大家族だ。

「昔から、犬とか鳥とか猿に好かれるから、獣医師になればいいと両親は言っていたんだけれど、そういうのは向いていなくて」

好意を寄せられるのは、鳥だけではないらしい。

それにしても、犬、鳥、猿は、桃太郎と愉快な仲間達である。

ちなみに、幼少期から剣道を習っていたという。

やはり、桃谷君はかの有名な桃太郎の生まれ変わりなのだろうか。

長谷川係長と出会う前に桃谷君と出会っていたら、私は真っ先に彼に泣きついていたに違いない。

だって、相手はガチの鬼だ。へっぽこ陰陽師たる私が勝てるわけがない。

けれど、長谷川係長は悪い鬼ではなかった。だから、結果的にはよかったのかもしれない。

鬼と桃太郎について考えているうちに、平安時代の夢について考えてしまう。

同じ鬼である月光の君は、やはり悪い鬼だったのか。

なぜ、はせの姫のもとへ通っていたのか。その辺も、思い出せない。だが、最初から命を狙っているとしたら、足しげく通っていることも納得できる。

そう思う一方で、愛し合う様子は嘘には見えなかった。何か、事情があったのか。記憶が曖昧な夢なので、断片的にしか情報を得られないのがもどかしい。

ただ、何度もみる夢なので、普通の夢ではないだろう。一応、私は陰陽師の端くれだ。夢には意味があるものだと、考えている。

もしかしたら、本当にあった話なのかもしれない。夢をみせることによって、誰かが私に何かを訴えているのか。

本当に、考えれば考えるほど、よくわからない。

過去にあったことと仮定するならば、桃谷君は平安時代の記憶があるのだろうか？　私みたいに、夢にみている可能性もある。

しかし、いくら似ているからといって、桃谷君と桃太郎が同一人物とは限らない。桃谷君が夢を覚えていなかった場合も、「何を言っているんだ」みたいな反応をされてしまうだろう。

好奇心は猫をも殺す——なんて言葉もある。過ぎた興味は、身を滅ぼす原因にもなりかねないのだ。

屋形船での宴会は、二時間半ほどでお開きとなった。これから二次会に行く組と、帰宅組に分かれる。桃谷君は迷っていたようだが、明日も仕事なので帰ることにしたようだ。そんな彼に、大平部長が野次を飛ばす。

「おい、桃谷！　付き合いが悪いぞ。お前の歓迎会なのに。二次会までは付き合えや」

すかさず、長谷川係長が物申す。

「大平部長、それ、パワハラになりますよ。気を付けませんと」

大平部長が言葉を失っている間に、長谷川係長は背中に回した手をちょこちょこ動かして「早く帰れ」と指示を送っていた。

桃谷君は会釈して、家路に就く。ついでに、私もここで帰らせてもらった。

「桃谷君、一緒に帰ろう」

「あ、永野先輩も、帰るんですね」

「うん。っていうか、うちの課はだいたい、一次会で終わるんだよ。今日は大平部長がいるから、二次会までするみたい」

「そうなんですね」

桃谷君はトボトボ歩いている。配属初日は仕事を覚えて、飲み会に参加して、疲れたのだろう。

「大丈夫？」

「あ、はい。なんか、社会人の洗礼を浴びた気がして、びっくりしてしまって」

「仕事終わりに飲み会に参加して、正しいふるまいをする。なかなか、大変だよね」

私も、入社してしばらくは苦労した。当時の係長が問題児だったし、とにかく辛《つら》かった記憶しかない。

パワハラという言葉も今ほどメジャーではなくて、嫌なことは嫌と言えずに涙を呑んで働いていたような気がする。

「でも、木下課長は屋形船を下りるときに無理しないでと声をかけてくれましたし、長谷川係長は表立って庇ってくれましたし、頼りになる上司がいるから、頑張れそうな気がビシバシしています」

「そっか」

長谷川係長は周囲の目を巻き込んで桃谷君を守り、木下課長はこっそり裏から助ける。バランスのよい上司だとしみじみ思ってしまった。

「まあ、人生いろいろあるから――うわっ！」

「どうかしましたか？」

「犬！　桃谷君、うしろから犬が三匹も付いてきてる」

「ほ、本当だ！」

首輪がついているので、どこからか逃げ出してきた子達だろう。困り果てていると
ころに、飼い主が走ってやってきた。なんでも、突然強い力で散歩紐を引っ張って駆
けだしたらしい。ついて行けず、途中で散歩紐を手放してしまったようだ。

犬たちは無事、飼い主の手に渡った。

「いや、びっくりしたね」

「すみません」

「桃谷君のせいじゃないって」

話している間に、マンションの前にたどり着く。

「じゃあ、桃谷君、気を付けて帰ってね」

「ありがとうございます」

桃谷君はペコリと頭を下げて、帰っていった。去りゆく後ろ姿が見えなくなると、
ホッと息をはく。そして、踵《きびす》を返し帰宅した。

怪異の見回りは、しなくてもいいだろう。長谷川係長もいないし。叔母のおかげで、
最近は平和なのだ。

部屋に戻るとジョージ・ハンクス七世とミスター・トムをケージに戻し、労《ねぎら》いの水を与える。もちろん、ひまわりの種も付けておいた。

ジョージ・ハンクス七世は回し車を回し始め、ミスター・トムは優雅にひまわりの種を食べている。

明日も仕事なので、休もうか——と思ったが、なんだかお菓子を作りたい気分だった。桃谷君と長谷川係長のおかげで、お酒はあまり飲んでいないので酔っていないし。体は疲れているので眠ったほうがいいのだが、お菓子作りはストレス発散でもある。上手くできたら、長谷川係長にあげてもいいだろう。いろいろ気を回してくれたお礼だ。

ゆっくりお風呂に浸《つ》かってリフレッシュしたあと、お菓子作りに挑む。

今日は一日暑かったので、さっぱり食べられるものがいい。何がいいか、食品庫を探っていたら、本葛粉を発見した。

葛粉はツル性の植物である葛の、根っこを加工したものである。

加工方法は——収穫した葛の根を繊維状に粉砕し、根に含まれるデンプン質を水で洗いながら揉《も》み出す。一日放置し、デンプン質と水を分離させて、水分のみ捨てる。

これに水を加えて、不純物を取り除いたものにさらに水を加えて、しっかり沈殿させるのだ。これを根気強く繰り返し、完成させたのが本葛粉である。

なんと、この本葛粉は一キロの葛根から作っても、百グラムしか取れない。高級葛粉なのだ。

ちなみに普通の葛粉は、葛以外にサツマイモのデンプンが混ざっている。そんな葛粉は一キロ千円くらいだが、本葛粉は一キロ数千円で販売されているのを見かけたことがあった。そのため、気軽に使ってはいけないと思い、食品庫の中で眠らせていたのである。

今日は新人の教育を頑張ったし、飲み会にも参加した。ご褒美として、本葛粉を使ったお菓子を作ってもいいだろう。

本日作るのは、『葛まんじゅう』。暑い季節にぴったりな、ひんやりスイーツである。

冷凍保存しておいた、こしあんを使う。

まず、解凍したこしあんを丸め、真ん中を潰す。これをひとつひとつカップに落とし、冷蔵庫に入れてしばし放置。

続いて、葛粉を加工する。ボウルにザルを重ねて、葛粉を入れる。それに水を注ぎ入れ、水に浸しながら葛粉を揉んで溶かすのだ。

葛粉を溶かした水の半分を火にかけながら木べらで混ぜ、もったりしてきたら火を弱くする。全体が固まってきたら火を消し、余熱を利用してぐるぐるかき混ぜた。これに、先ほど取っておいたもう半分の葛粉を溶いた水を加える。なめらかになったら、あんこ玉を入れたカップに注ぎ入れるのだ。

これを蒸し器で十分から十五分ほど蒸したら、葛まんじゅうの完成である。

通常は冷蔵庫で冷やすのだが、我慢できずに氷水でキンキンにしてから食べた。

葛はぷるぷるなめらかで、こしあんの上品な甘さとよく合う。簡単だけれど、おいしいお菓子にありつけて、満足感もひとしおであった。

ちなみに、葛は大変健康によい。解熱、鎮痛効果がある葛根湯に使われる葛と、同じ葛なのだ。

さらに、血行をよくして体を温め、整腸作用もある。お酒を飲んだあとにも、ぴったりなのかもしれない。

そういえば、長谷川係長は帰宅できただろうか。

大平部長からの八つ当たりは、心配しなくてもいいか。長谷川係長のほうが、周囲を味方にしている分、優勢だろう。しかし、お酒を飲んだ体は別だ。

葛まんじゅうを食べるか、メールを送る。すると、すぐに返信があった。

――三次会は辞退して、すぐに帰る

なんと、三次会に行くか行かないかのタイミングだったらしい。時刻は二十三時半。なかなかハードなスケジュールだったようだ。

十分後に、長谷川係長は帰ってきた。傍《そば》に寄ると煙草《たばこ》と酒臭いので、あまり近づくなと言われる。

「お疲れ様でした」

「永野さんも」

「私は、一次会で帰ったので」

「でも、教育疲れしたでしょう？」

「それはそうですけれど」

「明日からも、よろしくね」

「はい」

葛まんじゅうを受け取った長谷川係長は、嬉しそうだった。料理などほとんど食べずに、大平部長にひたすらお酒を飲まされていたらしい。

「うわ、酷いですね」

「口では勝てないから、酒で潰そうとしていたんだろうね」

しかし、長谷川係長はいくらお酒を飲んでも、見た目ではわからない人だったのだ。挑む相手が悪かったわけである。

「そういうのも、立派なパワハラですよね」

「本当に。俺を酔わせてどうするつもりなんだと、問い詰めたいくらいだった」

そのままやられっぱなしの長谷川係長ではなかった。大平部長には健康にいいお茶を飲ませて、何度もトイレ送りにしていたらしい。

「お茶は利尿作用が強いからね」

しこたまお茶を飲んだ結果、大平部長は「なんだか、体のむくみが取れた気がする……！」とデトックス効果を実感しつつ帰ったらしい。まさかの結末に、笑ってしまった。

「葛まんじゅう、ありがとう。いただいてから、眠るよ」

「はい」

「じゃあ、おやすみ」

「おやすみなさい」

やはり、家族以外に「おやすみなさい」を言うのは照れてしまう。いっこうに慣れなかった。

◇◇◇

朝から目覚めはすっきり。昨日の葛まんじゅう効果だろうか。

今日は時間があるので、長谷川係長の分のお弁当も作った。会議で外にでるかもしれないと言っていたので、現地で捨てられるように使い捨てのお弁当箱に詰めておく。

メールで郵便ボックスに入れておくという連絡をした。すると、すぐに返信がある。

――ありがとう。昨日の葛まんじゅうも、おいしかったよ
メールの文面を見ていたら、『朝から何をにやけているんだ』とジョージ・ハンクス七世に指摘されてしまった。好きな人のメールを見ていると、ワクワクドキドキしてしまうのだ。そんな感じで、元気に出勤する。

エントランスから一歩外に出た瞬間、声をかけられる。

「あ、永野先輩だ。偶然ですね！」

元気よく手をぶんぶん振っているのは、桃谷君であった。なんとなく、レトリバー系の大型犬が、尻尾を振って接近してくる様子と重ねてしまう。

昨日同様、日傘を差していた。私も、今日は日傘持参である。

「今から出勤ですか？」

「うん、そう」

「じゃあ、一緒に行ってもいいですか？」

「いいよ」

日傘を差しつつ出勤しようとしたのだが——。

「わあ！　桃谷君、足に小さなお猿さんがしがみついている！」

「どわっ、本当だ！」

いったいどこから連れてきたものか。桃谷君は猿を抱き上げ、途方に暮れている。

一方の猿は、母親に抱きつくように安心しきった顔で身を寄せていた。

猿はさすがに困るので、警察で保護してもらった。飼い主が迎えにくることを、心から願う。

会社についたら、今日も今日とて、桃谷君を教育する。昨日同様、すばらしく物覚えがいい。この様子だったら、杉山さんが教育を担当してもよかったのでは。などと思っていたが、杉山さんは鋭い目で桃谷君を見つめていた。警戒は、二日目も解かれない様子である。桃谷君はそれに気づかず、ニコニコしながら楽しそうに仕事をしていた。

お昼になり、桃谷君を食堂へ見送ろうとしたら、鞄の中からお弁当がでてきた。

「じゃーん！　永野先輩と一緒に食べようと思って、弁当を作ってきました」

「わー、すごいね。偉い」

「でしょう？」

そんなわけで、桃谷君と杉山さんの三人で、お弁当を食べることとなった。もちろん、杉山さんは不服である、といった感じの表情を浮かべていた。

「杉山先輩も、お弁当なんですね。意外です」

杉山さんは「ふふん」と誇らしげに微笑みながら、言葉を返す。

「派手な見た目で、家庭的なお弁当を作るギャップ萌《も》えを狙っているんだ」

「最高ですね」

桃谷君の率直な反応を聞いた杉山さんは眉間の皺を解き、目つきもやわらかくなった。口元に笑みを浮かべつつ、言葉を返す。

「そういうの、わかるタイプなんだ。いい奴じゃん」

あっさり桃谷君を受け入れたようだった。

「新入り君、どんなお弁当を作ったの？」

「これです！」

自信満々に差し出されたのは、ごはんに数種類のおかずが詰められた、案外ちゃんとしたお弁当だった。

「えー、いっちょ前のお弁当じゃん」

「これ、パック飯と、冷食詰めただけなんですよ」

私にもどうかと、見せてくれた。

「おいしそうなお弁当だね」

そう答えると、桃谷君は安堵したように微笑んでいた。

ちなみに、冷食とは冷凍食品を短縮したものである。最初に杉山さんから聞いたときに、「なんだって?」と聞き返してしまった。以降、若者用語について質問すると、杉山さんから「お婆《ばあ》ちゃんみたい」と言われるはめとなる。

「このおかずは全部、凍ったまま入れられるやつなんですよ」

「え、そんなのがあるんだ」

見た感じは、普通のおかずにしか見えない。からあげに、カップに入ったほうれん草の胡麻和《ごまあ》え、鶏《とり》つくね串と、種類も豊富だ。

「永野先輩、新入り君のお弁当にアドバイスはありますか?」

「ないよ。百点満点中、百点」

「えー、つまらない」

杉山さんは、いったい私に何を期待しているのか。桃谷君も、眉尻を下げてガッカリしていた。

「永野先輩、何かひねり出して、一言ください」

「うーん、まあ、あえて言うのであれば、ごはんに梅干しを入れておいたほうがいいかな」

「おいしいからですか？」

桃谷君の質問が可愛くて、笑ってしまいそうになる。たしかに、梅干しを入れたらおいしい。けれど、おいしい以外にも効果があるのだ。

「梅干しには、殺菌と防腐効果があるの。暑い時期だと、お弁当が腐りやすくなるから、梅干しをひとつ入れておいたら、安心なんだよね。でも、桃谷君のお弁当は自然解凍のおかずも入っているし、大丈夫だとは思うけれど」

「なるほどー！」

「さすが、永野先輩！　歩くおばあちゃんの知恵袋です」

杉山さんのコメントに「なんだそれは」と思いつつも、笑ってしまったのは言うまでもない。

バタバタしているうちに、一日の仕事が終わる。

今日は、杉山さんと山田先輩、桃谷君と私の四人で、急遽プチ歓迎会を行うことになったのだ。

会場は、杉山さんチョイスの、スカイツリーが見えるホテルのディナービュッフェ。運よく当日予約ができたらしい。

仕事を切り上げ、足取り軽やかにホテルに向かう。昨日の歓迎会と違い、みんな嬉しそうだ。

それはいいのだが、ひとつ気になることが。

「あの山田先輩、今日は早く帰らなくて大丈夫なんですか？」

山田先輩の子どもは一番手がかかる時期だ。二日連続で会社の集まりがあると言えば、奥さんが不満に思うのではないかと心配だったのだ。

「大丈夫、大丈夫。妻は今、子どもを連れて実家に帰っているんだ」

「じゃあ、ひとりなんですね」

「おう」

ひとりで羽を伸ばせると思いきや、いない子どもの夜泣きに備えて何度も起きたり、静かな部屋でしょんぼりしたりと、物足りない日々を送っているという。

「妻と子どもが戻ってきたら、早く帰るから、歓迎会ができるのは今のうちだな」

「ですね」

すっかり暗くなったが、ライトアップされたスカイツリーはよく見える。

気を遣う上司もいないし、おいしい料理は食べ放題だしで、大変楽しい時間を過ごした。

杉山さんと山田先輩を駅まで送り届け、徒歩組の私と桃谷君は歩いて家路につく。

と、ここで買わなければならない食材を思い出した。

「あ、そうだ。スーパーに寄りたいから、ここで」

「俺も、なんか買います」

買い物かごを持ち、店内へ足を踏み入れる。桃谷君はそれほど多くの品を買わないのだろう。手ぶらだった。

「桃谷君、普段、食事はどうしているの？」

「研修期間中は、コンビニで弁当を買ったり、その辺のファミレスで済ませたり。休日は、カップ麺で済ませています」

よくある新入社員の食生活、といった感じだ。入社したころ、ほとんどの同期が自炊せずに、食事を外で買ったりコンビニで済ませたり、という話を聞いて驚いた記憶が残っている。私みたいに自炊するのは、少数派だった。

「実家の親に話すと、自炊しなさいって言われたんです」

「慣れていないと、自炊って難しいよねえ」

「そうなんです。こうして店の中にきても、どんな物を作っていいのやら、ちんぷんかんぷんで」

「無理して作らなくても、いいと思うよ。コンビニのお弁当やファミレスの食事は、バランスがよくなるように献立を組み立てているだろうし」

一汁三菜が理想的な食生活だというけれど、自炊で毎日それを用意しようとしたら大変だ。私みたいに食事作りが日常の中に組み込まれていたら話は別だが、慣れない仕事をしながら自炊するというのは、難しいだろう。

「でも、外で食べる料理って、飽きがくるんですよね」

「みたいだね」

叔母も、そんな話をよくしている。高級な料亭で食事をするより、私の手料理が食べたいと。

「なんか、料理に必要な野菜を買い集めるところから、面倒なんですよね。独り暮らしなのに、ジャガイモとか六つも入っていて、消費できなくて腐らせてしまいそうですし」

それは、独り暮らしあるあるだろう。自炊を始めたばかりのころは、数種類の野菜が一個ずつ入っているものがあればいいのに、なんて考えるときもあった。

「ざー、どばーっ、みたいな短い手順で、手軽にちゃっちゃとできる料理なんてないですよね」

「うーん」

ちょうど、近くにカレー用の水煮野菜が売られていた。そのまま鍋に入れて料理できるので、調理時間が短くて済む。

「王道だけれど、カレーなんかどうかな？　これを使ったら、あとは炒《いた》めたお肉と合わせて、沸騰したらカレールーを入れるだけで完成するし」

「おお！　こんな便利な野菜があるんですね。買います！」

明日の夜はカレーにするという。夏場のカレーは腐りやすいので、粗熱を取ったあと食品保存容器に入れて冷凍保存しておいたほうがいいと伝えておく。

「たまに、冷蔵保存した食品保存容器の中でも、菌が繁殖して食中毒に、なんて話も聞いたことがあるんだよね」

「うわ、そうなんですね。危なかったです」

大きな食品保存容器に保存した場合、中身が冷えるのに時間がかかり、その間に菌が繁殖、という感じらしい。それを知ってから、カレーは大きな食品保存容器ではなく、一食分の小さな食品保存容器に詰めるようにしている。

「冬場であっても、カレーの常温保存はオススメできないって言われているくらいなんだよ」

「な、なるほど」

カレーを常温保存していると、腹痛や下痢などの症状がでるウェルシュ菌という細菌が発生するのだという。一度菌が発生すると、いくら加熱しても死滅しないところが恐ろしい点だろう。

「永野先輩から話を聞いていなかったら、常温で放置していました」

「今は夏場だから、特に気を付けないとね。お腹を壊したら、辛いから」

一応、何かあったときのために、胃薬や腹薬は常備しておくんだよ、と伝える。

「って、ごめんね。明日、カレーを作るのに、お腹を壊す話をしてしまって」

「いえいえ、勉強になります」

カレーに入れるならばどのお肉がおいしいか、そんな話をしていたら、背後から声をかけられた。

「あれ、永野さんと桃谷君？」

振り返った先にいたのは、長谷川係長である。別に悪いことをしているわけではないのに、なぜか「ヒィ！」と悲鳴を上げそうになった。喉から出る寸前で、呑み込んだけれど。

「長谷川係長、偶然ですね」

「本当に」

長谷川係長は笑っているけれど、瞳の奥はまったく笑っていない。なぜ、桃谷君と一緒にいるのか。そんな無言の問いかけが、私の身にグサグサ突き刺さっている。

「一緒に買い物するなんて、仲良しだね」

「それほどでもー」

桃谷君の天真爛漫な返しに、長谷川係長は笑みを深める。が、決して微笑ましく見守っている感じではなかった。

「おふたりさん、後ろから見たら、新婚夫婦みたいだったよ」

「照れます」

ねーと言われても、そうだねーなんて、返せるわけがない。

桃谷君は長谷川係長の圧に、まったく気づいていないようだ。将来、大物になるだろう。

「長谷川係長、この辺に住んでいるんですか？」

「想像にお任せするよ」

なかなかきわどい質問をぶつけてきたが、ひらりとかわしていた。さすが、長谷川係長である。

桃谷君の興味は、別のものに移っていた。

「長谷川係長も、自炊するんですね」

「まあ、少しだけ、ね」

長谷川係長の買い物かごには、ズッキーニやパプリカ、チコリー、スイスチャードなど、手軽に扱いきれないオシャレ野菜が入っている。いったい、何を作るつもりなのか。謎が深まる。

「長谷川係長の自炊している様子が、まったく想像できません。生活感が、まったくないですよね」

「普段、どんな生活をしていると思っていたの？」

「毎晩六本木のバーで、ワイン片手に謎の美女と優雅にチーズを食べているイメージでした」

「そんな食生活をしていたら、普通に死ぬから」

桃谷君の長谷川係長のイメージが、毎回面白すぎる。それに対して、冷静に突っ込む長谷川係長もかなり面白い。噴き出さなかった私を、褒めてあげたい。

「桃谷君、おいしいドレッシングがあるから、教えてあげようか？」

「うわ、マジですか！　知りたいです」

「こっちだよ」

桃谷君は会釈し、「また明日」と言う。そして、子ガモのように長谷川係長の後ろをついていった。

子ガモのことは頼むと、心の中で敬礼する。

レジに並んでいたら、桃谷君と長谷川係長がスーパーの出口から並んで歩いていた。なんだかんだ言って、長谷川係長は面倒見がいいのだろう。

会計を済ませ、スーパーを出る。マンションに戻ると、エントランスでエレベーター待ちをしている長谷川係長と会ってしまった。

「やあ、永野さん、奇遇だね」

言い方が、若干いじわるな感じである。私、何かしました？　なんて聞ける空気ではなかった。じわじわと、居心地の悪さを感じる。

このタイミングで、エレベーターが到着する。乗り込むと、長谷川係長は目にも留まらぬ速さでボタンを押した。

無言のまま、エレベーターは上がっていく。扉が開き、長谷川係長は颯爽《さっそう》と出て行った。私もあとに続く。

「じゃあ永野さん、お疲れさま」

「お疲れさまです」

それだけの言葉を交わし、長谷川係長は自分の部屋に入っていった。何か言われるのではと身構えていたが、自意識過剰だったようだ。

翌日——またもや、朝から桃谷君と出会ってしまった。昨日と時間が違うのに、なんという偶然なのか。

今日は肩にチャボを乗せていた。いったいどこから連れてきたというのか。すぐに飼い主が現れたからよかったけれど。

「本当に、動物から好かれているんだね」

「俺は、そこまで動物が得意じゃないんですけれど」

犬と鳥と猿の遺伝子に、桃太郎への忠誠と感謝の気持ちでも刷り込まれているのだろうか。それくらいの好かれっぷりだ。

本日も日傘を差して、会社に向かう。

「あ、そうそう。昨日の夜カレーを作って、朝食べたんです。すごいおいしくて、感動しました」

「それはよかった」

朝からカレーがいけるとは、羨ましい胃の持ち主だ。桃谷君は嬉しそうに、カレーについて語っている。

「今晩は、スーパーでカツを買って、カツカレーにします」

「わー、いいね」

「永野先輩は、夕食どうしようとか、考えていますか？」

「今晩は叔父と会う約束をしているから、近くで外食かな」

「あ、永野先輩って、地元、浅草なんですか？」

「そうそう」

私は東京生まれ、東京育ちだと思われていないようで、今でもたまに余所の課のおじさんから「東京の暮らしには慣れた？」なんて言われたりする。東京出身らしさが、皆無なのだろう。

「叔父さんと、よく食事に行くんですか？」

「まあ、たまにね」

私と会う約束をしている叔父とは、義彦《よしひこ》叔父さんである。なんでも、画期的な発明をしたので、見てほしいと言うのだ。

親戚の中でも、義彦叔父さんは特に私を気に懸けてくれる。甘味祓いを認めてくれたり、護身用の媒体『マジカル・シューティングスター』をくれたり。

今回はなんと、怪異に関連する品物を完成させたらしい。

いったい、何を作ったというのか。まったく想像できなかった。


仕事が終わると、集合場所のお店に向かう。義彦叔父さんが指定したのは、雷門の近くにある老舗すき焼き店だ。

子どものころに一度、行った記憶が残っている。父が震える声で、「今日はボーナスが出たからな」と言ったのが、妙に印象的だった。

義彦叔父さんは個室を予約していたようだ。店員さんに案内される。通された部屋で待っていた義彦叔父さんが満面の笑みで片手を挙げた。

「やあやあ、遥香ちゃん。久しぶりだね」

「ご無沙汰しておりました」

一ヶ月前に起こった『ホタテスター印刷』事件以来である。

今日は珍しく、スーツ姿だった。きちんとした恰好の義彦叔父さんは、初めてかもしれない。だいたいいつも、アニメの絵柄のＴシャツを着ているのだ。

「あれから、特に変わった事件はないみたいだね」

「ええ、まあ」

桃太郎の生まれ変わりっぽい新入社員はやってきたが、不確かな情報なので言わないほうがいいだろう。だって、根拠は私がたまに見る夢だし。

近況を語り合っていたら、先付が出てくる。季節の食材をふんだんに使った料理が、品のいいお皿に盛り付けられて提供された。

先付を食べ終えたところに、本日の主役であるお肉が運ばれてきた。美しいサシが入ったお肉を見て、ほうとため息がでてくる。

記憶に残っていなかったのだが、ここは店員さんが作ってくれるお店らしい。まずは牛脂をひき、長ネギを炒める。続いて牛肉を入れて、割り下――だし汁に醬油、みりん、砂糖を加えたものを注ぎ入れた。たまらない匂いが、ふんわりと漂ってきた。

なんと、卵まで店員さんが割り、かき混ぜてくれる。そこに、焼けたネギとお肉が装《よそ》われた。さっそく、いただく。

まずは長ネギから。表面に焼き目の入った長ネギは香ばしく、絡んだ割り下に溶き卵を纏《まと》わせる。噛《か》むと、長ネギの持つ甘い味わいが醤油の風味が強い割り下の旨みを引き立てていた。そして、主役のお肉はと言えば――言葉にできない。口の中で溶けて、一瞬でなくなっていった。しばし、幸せな気分に浸ってしまう。仕事の疲れも、一気に吹き飛んでいった。

義彦叔父さんも、瞳をキラキラ輝かせながらお肉を食べていた。聞かずとも、おいしいというのがわかる。

店員さんがごゆっくりと言って立ち去ったあとは、白ご飯とすき焼きを存分に味わった。

「あー、おいしかった」

「大満足です」

お腹がいっぱいになってにこにこして終わり――ではない。今日は陰陽師のお仕事の話をしにきたのだ。

「そういえば、義彦叔父さん。画期的な発明って、何？」

「そうだった！」

背後に置いていた白い紙袋から取り出されたのは、筒状の物体にトレイがくっついたもの。見覚えがあるような気がしたが、いまいち思い出せない。

「義彦叔父さん、それは？」

「猫の自動給餌器だ」

「ああ、なるほど」

決まった時間に決まった量の餌が出てくる、愛猫家の間で話題の便利な道具だ。

「これを、怪異用に改良したんだ」

なんでも、一定量の邪気を察知すると、中から甘味が出てくるシステムだという。

「え、すごい！」

「邪気はなんとなく感じることしかできないだろう？　それを察知できるような呪術を考えていたんだけれど」

なんと、義彦叔父さんは独自の呪術を完成させたらしい。

通常、呪術は代々受け継ぐものである。新しい呪術を作る技術は、とうの昔に失ってしまった。

義彦叔父さんは永野家に伝わる呪術を受け継いだだけでなく、流浪の陰陽師に弟子入りをしていた。

陰陽師としての才能があることが大前提であるが、義彦叔父さんはそれ以上の情熱をその身に秘めているのだろう。

「邪気を察知する呪術と、遥香ちゃんの甘味祓いを合わせて作った物が、この怪異の自動給餌器なんだ」

自動給餌器には結界が張られていて、普通の人には見えないようになっているらしい。

「中に保冷機能を付けて、真夏でも中に入れたお菓子が悪くならないようにしているんだよ」

「ハイテクだ！」

キャットフードやドッグフードみたいに、カリカリとしたお菓子を入れたらいいという。

「どんなものがあるかな？」

「そうですね……。たまごボーロとか、あられとか、クッキーとかですかね」

「いいね」

私の地区で試してくれないかと、試作品一号をいただいた。これならば、危険も少ないだろう。

「受け取ってくれて、よかった」

「え？」

「この業界の人達、他人に口出しされるのが嫌いだからさ」

「……ですね」

前回、『ホタテスター印刷』事件のさいに、一郎《いちろう》伯父さんにあれこれ意見したら、猛烈に怒られてしまった記憶が甦ってくる。

「心配だったんだよね。陰陽師とはいえ、年若い女の子が暗がりを巡回するのがさ。恐ろしいのは、怪異だけではないから。長谷川さんも、常に一緒に、というわけにもいかないだろうし」

前回の事件で、長谷川係長の存在は永野家に知れ渡ることとなった。

両親は彼氏だと思って期待していたようだが、残念ながらお付き合いしているような関係ではないのである。

「しかし、驚いたな。平安時代に鬼殺しで名を馳《は》せた、長谷川家の人が職場にいたなんて」

「びっくりですよね」

長谷川係長の実家は陰陽師を廃業しているが、かつては桃太郎に並ぶ鬼殺しとして有名だったらしい。

「鬼の事件が引き寄せたご縁なのかな」

「そ、そうかもしれないですね」

鬼について話すのは、心臓に悪い。鬼殺しの一族が鬼と交わっている上に、長谷川係長は先祖返りで鬼の血が強い存在であることなど、義彦叔父さんは想像もしていないだろう。

「それにしても、長谷川家って、そんなに有名な陰陽師だったのですか?」

「もちろん。鬼の現れるところに長谷川家の陰陽師あり、って言われるくらいだったんだよ」

「な、なるほど」

陰陽師といえば安倍晴明《あべのせいめい》が有名だが、鬼殺しに限定したら長谷川家のほうが有名だという。

「中でも平安の大鬼殺しが、陰陽師の中でもっとも広く知れ渡っているようだね」

「平安の、大鬼殺し……!」

ドクンと、胸が嫌な感じに跳ね上がる。額にぶわりと汗が浮かび、胸から何かがせり上がってくるような気持ち悪さに襲われた。

けれど、逃げるわけにはいかない。この話を詳しく聞いたほうがいいと、私の中にある誰かが訴えていた。

「義彦叔父さん、それは、どういう話、なのですか?」

「悲恋と言えばいいのかな。長谷川家には、〃はせの姫〃という、病弱な姫君がいたんだ」

「はせの……姫!」

「長谷川家の姫という意味で、名前は別にあったんだろうね」

はせの姫は病弱で、長時間起き上がることもままならなかったのだという。病の症状から推測するに、はせの姫は結核だったのではないかという説があるようだ。

やはり、私がみていた夢は、現実にあったものだったのだ。

心臓が、バクバクとうるさい。

まさか義彦叔父さんの口から、平安時代の話を聞けるなんて思いもしなかった。

「その、病弱なお姫様が恋した相手が、鬼達の長《おさ》である、大鬼だったんだよ」

長谷川家の者達は、多くの鬼を殺した。その復讐《ふくしゅう》として、大鬼は長谷川家が大事にしているはせの姫を口説き落として油断させた挙げ句、殺したのだという。

「さすがの長谷川家も大鬼には勝てなくて、鬼殺しで有名な桃太郎を呼び寄せて退治するよう頼み込んだんだけど――」

桃太郎がやってきた日に、はせの姫は大鬼に殺されてしまった。桃太郎は間に合わなかったのだ。

「桃太郎が大鬼を退治したようだが、はせの姫は命を散らしてしまった。めでたしめでたしとは言えない結末だったようだね」

どうしてだろうか。胸が、じくじく痛む。はせの姫については、ただの夢の中の人物だ。それなのに、私は自分のことのように悲しくなってしまう。

「桃太郎は、鬼退治をしたらはせの姫と結婚する予定だったらしいよ」

「え、でも、はせの姫は結核だったんじゃないの？」

それを問いかけた瞬間、義彦叔父さんは自慢げに「ふふふ」と笑い始める。

「そこで、我が永野家が登場するわけだよ」

「うちが、何かしたの？」

「すでに力は失われているんだけれど、永野家にはある力があったんだ」

気づいたときには、永野家はその力を失っていたらしい。そのため、一族の者達には伝えられていない情報なのだという。

「それは、癒やしの力なんだ」

「い、癒やし……！」

「物に触れただけで穢《けが》れを祓い、怪我や病気を治す万能の呪術――」

それは、あまりにも身に覚えがあった。

以前、私は邪気にまみれた長谷川係長を癒やしたことがある。回復させた、という実感は皆無であった。そのため本当か嘘かわからなかったが、永野家に癒やしの伝承があるのであれば、信じてもいいのかもしれない。

「永野家の陰陽師は、はせの姫を癒やそうと長谷川家にやってきていたんだ。けれど、間に合わなかった……」

癒やしの力があったので、永野家は御上《おかみ》と共に遷都できたのだという。けれど、力を失ってからは、永野家は重宝されなくなった。その歴史は永野家にとって恥であり、隠すべきことでもあるようだ。

「義彦叔父さんは、どこからその情報を仕入れたの？」

「大叔父が酔っ払ったときに、話してくれたんだ。皆には内緒だぞ、って言われたんだけれどね。あ、もちろん、話したのは遥香ちゃんが初めてだよ」

「は、はあ」

とんでもない情報を、聞いてしまった。特に口止めはされなかったが、誰かに話せるような内容ではない。

「義彦叔父さん、どうして私にこの話を？」

「いつか、次の世代に語って聞かせようと思っていたんだ」

「優秀な人は、他にもいるのに」

「そうだけれど、遥香ちゃんは一番、永野家としての心を引き継いでいるような気がして……」

「永野家としての心？」

「うん。大昔、それこそ平安時代に生きた永野家の人々は、平和を第一に陰陽師として活動していたんだ」

怪異だからと恐れずに、癒やしが必要であれば誰にでも手を差し伸べる。

それは、陰陽師としてはありえない行動の数々だったという。

「怪異は陰陽師の敵なんだ。けれど、永野家の人達は、そうではなかった。その結果、癒やしの力を失ったとも言われているんだよね」

「何か、癒やしの力を失うきっかけになるような事件があったの？」

「残念ながら、その辺の記録は残っていないんだよ」

癒やしの力について、義彦叔父さんに話したほうがいいのか。

けれど、長谷川係長は他の人に言わないほうがいいと言っていた。もう一度、長谷川係長と話し合ったほうがいいのだろう。

「あ、ごめんね。話が長くなってしまって」

「いえいえ」

ひとまず、怪異の自動給餌器について感謝の気持ちを伝える。

「何か、一口大のお菓子を詰めて、試してみるね」

「レポートを待っているよ」

デザートのアップルシャーベットを食べ、解散となった。

帰宅後、怪異の自動給餌器に入れるお菓子作りを始める。

いろいろ考えたが、猫や犬が食べるカリカリっぽいものがいいのではと思った結果、グラノーラを手作りすることに決めた。

なんとなく、懐かしい気持ちになる。

というのも、学生時代にグラノーラ作りにはまり、毎日のように食べていたのだ。

ただ、一年もグラノーラを食べ続けると飽きてしまい、それ以来手作りしていなかった。

材料は押し麦、ミックスナッツ、カボチャの種、ドライフルーツなどなど。

グラノーラは燕麦《えんばく》で作るのが基本だが、私は大麦を加工した押し麦を使って作るのが好みだった。燕麦よりもカロリーが低く、食物繊維が豊富。なおかつおいしいという、利点ばかり。怪異相手にその辺を気にしても、仕方がないけれど。

まず、クッキングシートを広げた鉄板でミックスナッツを香ばしく焼く。

次に、フライパンにバターと蜂蜜を入れて、溶かしながら混ぜていった。これに、押し麦を入れて絡ませる。くっついていた押し麦が、炒めているうちにサラサラになっていく。この状態になったら火を止めて、ローストしたミックスナッツとドライフルーツを入れるのだ。

これにて、グラノーラの完成である。一口味見してみたが、押し麦はサクサクカリカリで、ナッツは香ばしい。ドライフルーツは噛むとじゅわっと甘みがあふれてくる。作ったのは久しぶりだったが、おいしく仕上がっていた。あとは、これを怪異の自動給餌器に入れて、怪異がよく出る現場に置くばかりである。

これが成功したら、毎晩の見回りは必要なくなるだろう。

夜の設置は危ないので、早起きして置きに行こう。今日のところは、これにて任務完了とする。

翌日——朝の五時頃に怪異の自動給餌器をいつもの路地裏に設置しに行く。辺りは朝日に照らされているが、人の気配がないのでちょっと怖い。けれど、朝なので大丈夫と言い聞かせる。

路地に入り込み、自動給餌器を置いた。ゆっくり離れると、黒く丸いもやがどこからともなく現れて、自動給餌器に集まる。すると、私が作ったグラノーラがカラカラ音を立てて出てきた。

黒いもやがカリカリ、カリカリと音を立てて食べている。数分後、黒いもやは消えていった。

これは、大成功ではないか。あとで、義彦叔父さんに報告しなくては。

家に戻り、お弁当を作る。私も昨日、桃谷君が話していた自然解凍の冷凍食品を買ったのだ。それに、卵焼きを加えて詰めたものを、本日のお弁当とする。

昨日作ったグラノーラは、長谷川係長にもお裾分けをしよう。出勤前に、家のドアノブにかけておく。まだ、出勤していないだろう。一応、メールも送っておいた。

さあ、今日も元気に出発！　と一歩踏み出した瞬間、私の体を容赦ない太陽光が照らす。まだ八時前だというのに、グリルされるチキンの気分を味わってしまった。と、ここで日傘を持っていないことに気づく。取りに帰ろうか、帰るまいか。時間がないわけではないのだけれど、若干の面倒くささがある。

どうするか数秒悩んでいるところに、声がかかった。

「永野先輩、おはようございまーす！」

この元気な声は、桃谷君だ。今日は、日傘の上に十羽以上のスズメを乗せた状態でやってくる。

スズメは日傘の上にいて、暑くないのか。桃谷君の日傘がシルバーカラーなので、鉄板の上で炙《あぶ》られるリアルなグリルチキンに見えてしまった。

「あれ、今日は日傘、持っていないのですね」

「忘れちゃったの」

「だったら、一緒に入っていきませんか？」

「いや、それはちょっと……」

桃谷君 with グリルチキンの仲間入りをするわけにはいかない。

「あ、相合い傘になりますもんね。だったら、この日傘、使ってください。俺、日焼け止めも塗っていますので」

「いや、そんな悪いよ。私も日焼け止めは塗っているから」

「だったら、貸しにしておきます!」

そう言って、桃谷君は私の手に傘を押しつけた。反射的に握った瞬間、グリルチキン達は飛び立って行った。

「じゃあ、いきましょう」

戸惑う私を置いて、桃谷君は先を歩く。

「あ、ちょっと待って、傘、一緒に入る?」

「相合い傘になるので、いいです」

「そんな、遠慮せずに」

結局、桃谷君が日傘を持ち、私が入らせていただく形となった。

◇　◇　◇

それからしばらく、バタバタと忙しい日々を過ごす。新人の教育をしながら、繁忙期を乗り越えるのはなかなか厳しい。けれど、山田先輩や杉山さんのサポートでなんとか乗り切った。

あと少しだけ、雑務が残っていたので桃谷君を先に帰す。すべてが終わったのは、十九時過ぎだった。

ぐーっと背伸びをして、重たい肩をぽんぽんと拳で叩《たた》く。明日は休みなので、クーラーの効いた部屋でお昼まで眠りたい。お昼からは、整体に行ってもいいだろう。今週は頑張り過ぎた。

いつの間にか、フロアには誰もいなかった。灯《あか》りも、私のところだけ灯《とも》っていてあとは暗い。

早く帰らなければ。荷物をまとめているところに、長谷川係長がやってきた。

「永野さん、まだ残っていたんだ」

「あ、はい。もう、帰ります」

なんだか、長谷川係長の声に張りがない。もしかして、どこかで邪気に中《あ》てられてしまったのだろうか。鞄の中に入っていたチョコレートを差し出すと、「ありがとう」と言って受け取ってくれた。すぐに食べてほしかったけれど、チョコレートはポケットの中に収納されてしまった。

「長谷川係長は、もう帰られるのですか？」

「まだ、少しだけ仕事が残っているんだ」

「そうだったのですね。その、お疲れさまです」

残念ながら、長谷川係長のお仕事で私が手伝えることはない。一応聞いてみたが、首を横に振られてしまった。申し訳ないが、先に帰らせていただく。

「で、では、私はこれで……」

「あ、待って、永野さん」

「はい？」

振り返った長谷川係長は、なんだか怒っているような、不機嫌なような。とにかく、お近づきになりたくない空気をまき散らしていた。

「な、なんでしょうか？」

「さっきね、大平部長に、聞かれたんだ」

「は、はあ」

大平部長というのは、桃谷君の歓迎会で長谷川係長にジンジャーエールを飲まされていた人事部の部長だ。いったい、何を聞かれたというのか。胸が、嫌な感じに強く脈打つ。

「桃谷君と、永野さんはお付き合いしているのか、って」

一瞬、言葉を失う。後頭部を金づちで打たれたような、特大の衝撃に襲われた。

「な、なんでですか!?」

「今日、指導している様子を見にきたみたいだけれど、なんか、仲睦《むつ》まじく仕事しているように見えたんだってさ」

「いや、仲睦まじく仕事をしているわけないじゃないですか」

「でも、大平部長には、そう見えたらしいよ」

言われてみれば桃谷君は話をするさい、いちいち距離が近かった。気づいたら、顔が眼前にあったことは一度や二度ではない。もっと距離を取ってと何度か注意したが、ここ数日は忙しいあまり気にしていなかった。

「本当に、付き合っていないの?」

「ないです。付き合っていません」

「でも、他の人からも、出勤と退勤が一緒だから付き合っているんだよね? って聞かれたんだけれど」

「どうしてそれを、私ではなく長谷川係長に聞くんですか?」

「本人達に聞いて付き合っていますとか言われたら、どう反応していいのかわからないからじゃない?」

「それは、そうかもしれませんが……」

「それに、なんか一緒に日傘に入って、仲よさそうに出勤していた話も聞いたけれど？　さすがにそれは、見間違いだよね？」

消え入りそうな声で、「いえ、間違いありません」と答える。長谷川係長は私に軽蔑しきった視線を向けていた。

私はきっと、杉山さんを教育したときと同じ感覚で、桃谷君を指導していたのだろう。異性である以上、距離を取っていないといろいろ邪推される。悲しいけれど、これが現実だ。

「その、すみませんでした」

「まあ、そういうふうに見えるように仕事をしてしまったほうが、悪いよね」

「はい」

「今後は、気を付けるように」

「わかりました」

話はこれで終わりらしい。会釈して、長谷川係長のもとから去る。

指摘された件については、ぐうの音も出ない。

しょんぼりしながら、家路に就いた。

帰宅するなり、ジョージ・ハンクス七世はぷりぷり怒り始める。

『長谷川め！　なんで遥香を怒るんだ！』

怒るジョージ・ハンクス七世を、ミスター・トムがたしなめる。

『ジョージ、仕方がないんだよ。ミスター・長谷川も、マドモアゼルが悪くないとわかっていても、上司としての立場がある。本人が気づいていないことを注意するのも、上司の仕事なのだよ』

『それはそうだけどよ。悪いのは、桃谷のほうなのに』

「仕事の責任者は私だからね。忙しさに気を取られて、桃谷君をきちんと指導できていなかったから」

なんだか、疲れてしまった。ジョージ・ハンクス七世とミスター・トムをケージに入れて、ソファに座り込む。

明日はおやすみでわくわく気分だったのに、一気に気分が落ち込んでしまった。

夕飯は冷やし中華を作ろうかと考えていたけれど、キュウリやハムを切る元気すらない。

「今日は、カップ麺にしよう」

『おい、遥香。カップ麺では元気でないぞ！』

『マドモアゼル、一週間頑張ったご褒美に、ピッツァでもたのみたまえ』

「うーん」

ピッツァという気分でもないが、出前を取るのはいいだろう。手元にあったスマホを操作して、お店を探す。寿司《すし》に中華、ハンバーガーにラーメン、カレーなど、思っていた以上に対応店が多い。

「へえ、いろいろあるんだー」

今はサッパリしたものを食べたい気分だったので、天ぷらそばを頼んだ。

注文から三十分ほどで届く。支払いはクレジットカードで済んでいるので、受け取るだけだ。非常に便利なサービスである。

「わーい！　おいしそー」

ざるそばと、天ぷら四種盛りのセットである。

「いただきます！」

まずは、そばをつゆにつけてから一口。

のど越しのよいそばを、つるっと食べる。ほどよい歯ごたえと、そば本来の甘みをほんのり感じた。天ぷらは海老《えび》と穴子、カボチャに茄子《なす》。揚げたてではないものの、それでも衣はサクサクだった。つゆにつけて頬張った瞬間、素材の旨みがじゅわーっとにじみ出てくる瞬間がたまらないのだ。

あっという間に、食べ終えてしまった。

「ジョージ・ハンクス七世、ミスター・トム、ふたりのおかげで、おいしい夕食にありつけたよ」

『だったら、よかったけどよ』

『マドモアゼルには、いつもいつでも笑顔でいてほしい。毎日おいしいものをおあがり』

「うん、ありがとう」

動けるようになったのでお風呂に浸かる。疲れとか嫌なことはお風呂で洗い流したら、多少元気になった。録りだめていたドラマを観《み》たあと、眠りに就く。

土曜日は朝から、怪異の自動給餌器を覗きに行った。けっこう食べているようで、残りが少なくなっていた。追加のグラノーラを入れておく。

コンビニでパンでも買って帰ろうと思ったが、どこからかパンが焼ける香ばしい匂いがする。つられて歩いていった先に、パン屋さんがあった。

はじめましてのお店だ。営業時間を見たところ、朝の六時半から売り切れ次第閉店とある。

時計を見たら六時半過ぎだったので、オープンしたばかりなのだろう。当然、ここでパンを買う。素通りなんて絶対にできない。

店内は、パンのいい匂いで満たされていた。種類は五十くらいあるだろうか。王道のあんパンにクリームパン、メロンパンから、オシャレなクイニーアマンやカスタードパイなどもある。

気づいたときには、十五個くらいのパンをトレイに置いていた。いったい、誰が食べるというのか。早朝の空腹は恐ろしい。しかし、悔いはなかった。

帰宅後、手洗いうがいをしてから、焼きたてパンにかぶりつく。まずは、揚げたてのカレーパンから。

粗めのパン粉を付けて揚げた、こだわりのひと品らしい。中にはピリッと辛みのあるカレーと、とろとろのすじ肉が入っていた。外はサクサク、中はもっちり。カレーの辛さが、食欲を掻き立ててくれる。あっという間に食べてしまった。

二個目は、甘い系がいいだろう。メロンパンに手を伸ばす。私の顔と同じくらいの大きなメロンパンに、かぶりついた。

ざらめがまぶされた生地の、ザクザクとした食感が楽しい。中のパンはしっとりふわっと。優しい甘さが口の中に広がっていく。このメロンパンと、冷たい牛乳がよく合うのだ。

三つ目は、フルーツサンド。旬を先取りした、黄桃サンドだ。缶詰でなく、生の黄桃を使っているとポップに書いてあった。

酸味のある黄桃と、生クリームの相性は世界一だろう。すでにパンを二個食べたあとだったのに、ペロリと食べてしまった。

「うっ、食べ過ぎた」

さすがに、四個目は無理だ。土日のうちに食べられそうなパンは冷蔵庫に。それ以外は冷凍保存しておく。

まさか、朝の巡回に出かけた結果、おいしいパン屋さんを発見するなんて。まさに、早起きは三文の得なのだろう。

そんなパン屋さんで、立派なバゲットも買ってきた。昼食は、ビーフシチューにしよう。

ビーフシチューは冬においしく食べるイメージだ。だが、クーラーを効かせた部屋で食べるのも、たまにはいいだろう。

ちょうど、叔母宛てに届いたお中元の中に、ご立派な牛ヒレ肉があったのだ。ありがたく、使わせていただく。

ヒレ肉はあまりビーフシチューに使う部位ではないものの、今はビーフシチューを食べたい気分なのだ。

「よし！」

気合いを入れて、台所へと向かった。

現状、お腹いっぱいな上に若干眠い。ソファに座り込んだら二度と立ち上がれなくなるだろう。面倒なことは、先に済ませておく。

電子レンジで牛肉を解凍している間、野菜をカットしておいた。

まず、牛肉を切り分けて塩、コショウで下味を付けたあと、刻んだニンニクと共にフライパンで炒める。焼き色がついたら肉をいったん取り出し、タマネギ、ニンジンを入れてしんなりするまで火を通すのだ。

圧力鍋に炒めた肉と野菜、それから赤ワインを入れる。この赤ワインも、叔母に届いたものだ。料理に使っていいと言われているものである。

蓋を閉め、一時間ほど火を通す。一時間経ったら、コンソメと水、デミグラスソースとマッシュルームを加えて、さらに煮込んだ。

通常、ビーフシチューは長時間煮込まないといけない。けれど、圧力鍋があれば、三時間ほどで完成できる。

なんとか完成したので、あとはお昼までだらだら過ごそう。そう思っていたが、義彦叔父さんへの報告を忘れていた。

連絡はメールでいいというので、お言葉に甘えて文章にまとめたものを送る。

送信ボタンを押したのと同時に、睡魔に襲われた。そのままソファに横たわり、眠ってしまう。

「ううん……ん？」

お腹がぐーっと鳴る音で目覚めた。スマホで時計を確認したら、ちょうどお昼前。ナイス腹時計と思いつつ、ビーフシチューの様子を見に行った。

圧力鍋の蓋を開くと、ほかほかと湯気があがる。混ぜてみたら、お肉がゴロゴロ出てきてテンションが上がった。

それにしても、とんでもない量を作ってしまった。ひとりで食べきれるだろうか。そう思った瞬間、長谷川係長の顔が思い浮かぶ。

桃谷君とのことで迷惑をかけたし、パンと一緒にお裾分けをしようか。

そう思って、「ビーフシチューを大量生産したのですが、いりませんか？」とメールしてみた。すると、すぐに返信があった。

――迷惑でないのならば、ぜひ

メールを見て、ホッと胸をなで下ろす。いらないと言われたら、心が折れて二度とお裾分けの申し入れができないところであった。

食品保存容器をふたつ用意し、二食にわたって食べられるようにする。バゲットも、おまけに半分あげよう。

すぐに持ってきていいとメールにあったので、そのまま向かおうとしたが――私の恰好がぜんぜんよくなかった。

家に帰ってきたあと、過ごしやすいコットン生地のTシャツとショートパンツに着替えていたのである。これは、パジャマではない。立派なルームウェアだ。母から、パジャマだと言われたこともあるが。ただ、上司に見せていい恰好ではないだろう。

クローゼットから先日購入したシフォン生地のバンドカラーブラウスに、ジーンズを合わせた。髪型も、頭のてっぺんでお団子を作っただけだったので、丁寧に梳《す》いてポニーテールにまとめた。ここまでの時間、十分ほど。毎朝の出勤で鍛えた、早業である。お化粧は朝でかけるときにしたが、数時間経ったのでややよれていた。これは、ティッシュで脂をサッと吸わせるだけにしておく。

これでよし、と。

ビーフシチューを両手で持ち、長谷川係長の家のチャイムを鳴らした。

ひょっこりと出てきた長谷川係長は、五分袖のボーダーカットソーに白のチノパンを合わせたラフな恰好だ。それなのにその辺を歩いていても違和感がないように見えるのは、着ている人の持つ補正効果なのだろうか。もしも、私が同じ恰好をしていたら、「あの人、部屋着で外を歩いているわ」などと思われてしまうだろう。

「これ、できたてなんです」

「ありがとう。あ、こんなにもらってもいいの？」

「はい。ひとりでは食べきれないので」

長谷川係長は昨日の件を引きずっている様子はない。心の中で、ホッと安堵する。

「もう、食べたの？」

「いえ、今からですが」

「だったら、うちで一緒に食べない？」

「あ——えっと、その、迷惑でなければ」

長谷川係長は手でどうぞ、と入室を促す。どうもと会釈しながら、お邪魔させてもらう。

ここにお邪魔するのは、何回目だったか。怪我をしたときに何度か料理を作りにきたので、もはや数えていない。

　白を基調としたモデルルームのように生活感のない部屋は、相変わらずであった。どこを見渡しても、埃《ほこり》の一片も落ちていない。本当に、ここで生活しているのか。疑問に思う。長谷川係長が二次元の男ではないのかとも考えてしまった。

「永野さん」

「は、はい、なんでしょう？」

「今、変なこと考えていなかった？」

「いいえ、とんでもない!!」

　圧のある笑顔を向ける長谷川係長は、間違いなく三次元に存在する男だった。３Ｄメガネがなくとも、眼前に飛び出してきている。このド迫力、４Ｄと言ったほうがいいのではないか。長谷川係長の暗黒微笑には、強風と暴雨が混じっているのだ。

　いや、完全に気のせいだけれど。

「バゲットは焼いたほうがいいのかな？」

「そうですね。カリカリのほうが、おいしいですし」

「ビーフシチューは、温かいからこのままでいいか」

「はい」

長谷川係長がパンをカットしてオーブントースターで焼くというので、私はお皿の準備をする。

独り暮らしにしては立派な食器棚から、シチュー用の深皿を取り出した。花柄の、品のあるお皿だ。

調理台にそれを二枚並べてふと思う。これは、長谷川係長の趣味ではないと。独り暮らしの男性が、花柄のお皿など買うわけがないだろう。しかも、それが二枚もお揃いであるわけがない。

きっと以前話していた、亡くなった女性が買った物なのだろう。それを考えると、胸がズキンと痛む。

思い出の品を、私が使ってもいいのか。罪悪感に襲われる。

もう一度、食器棚を覗きに行ったら、もう一枚お皿があった。こちらは、何も描かれていない白いお皿だ。これが、長谷川係長が普段使いしているお皿なのだろう。花柄のお皿は黙って使わないほうがいいのかもしれない。だから、ありったけの勇気をかき集めて、質問してみた。

「あ、あの、長谷川係長。こ、このお皿、使っても、いいのですか？」

「あー、それ？　別にいいけれど」

実に軽い返しである。亡くなった彼女さんとの、思い出が詰まったお皿ではないのか。

「母が、先月送ってきたんだ」

「え？」

「実家に助けを求めたときに、ついでに永野さんの話をしてね。なんか、彼女だと勘違いしたみたいで、食事に誘いなさいって、皿を送ってきたんだよ。最近は料理ができる男がもてるからとか言って。おかしいでしょう？」

「は、はあ。その、なんというか、お母様からの、贈り物、だったのですね」

「なんだと思っていたの？」

「以前お付き合いしていた女性との、思い出が詰まったお皿かなと」

「そういうのを、未練がましく家に置いておくような男に見えていたんだ？」

「ごめんなさい」

「いや、否定してほしかったんだけれど」

なんだろうか、この気持ちは。言葉にできない思いが、胸の中に満たされていく。

「でも、よかった」

「よかった？」

「長谷川係長、何が、よかったのでしょうか？」

「いや、今、永野さんが言ったよかったを復唱しただけだから」

「あ、私、口走っていましたか？」

「思いっきり、口走っていたね」

本当に、何がよかったなのか。自分の口ながら、わけがわからない言葉を発するものだ。

「永野さん、君は――」

長谷川係長が何か言いかけたところで、オーブントースターがチン！　と鳴った。バゲットが焼けたようだ。

私も、ぼんやりしている場合ではない。ビーフシチューをお皿に装わなければ。

私がもたもたとビーフシチューを食品保存容器からお皿に移している間に、長谷川係長はバゲットをかごに並べ、冷蔵庫から取り出した瓶に入っているオシャレな水をグラスに注いでいた。

なんだ、そのお水は。ここは八百円の水がでてくるレストランなのか。

……私なんて、水道水をごくごく飲んでいるというのに。一応、浄水器の水なのだが。

生活の質が、あまりにも違い過ぎる。さすが、夜の六本木が似合う男だ。

「永野さん、また、変なこと考えていたでしょう?」

「気のせいです。ぜんぜん気のせいです!」

長谷川係長は私の脳内を覗く特殊能力を持っているのか。だとしたら、あまりにも恐ろし過ぎる。

そんなことはさておいて。

やっとのことで、食卓についた。手と手を合わせて、いただきます。

まずは、とろとろになるまで煮込んだお肉からいただく。

お肉は舌の上でとろけた。あまりにもおいしすぎる。ソースも濃厚に仕上がっていて、野菜の旨みがこれでもかと溶け込んでいた。

私の作るビーフシチュー、こんなにおいしかったっけ? と首を傾げているところに、長谷川係長から質問が投げかけられる。

「永野さん、この肉、とってもいいものなんじゃないの?」

「あ、なんか、箱に書いてありましたね。シャ……シャ……シャルトリュー?」

「シャルトリューは猫の種類だと思うけれど。逆に、よくそれがでてきたよね」

長谷川係長が猫の種類に詳しいおかげで、つっこんでもらえた。知らなかったら、なんだそれ、みたいな反応をされていただろう。

今一度、お肉について考える。

「えっと、なんだったかな。シャ、なんとかって名前だった気がしますが、なんだったか思い出せないですね」

「もしかして、シャトーブリアンなんじゃない？」

「あ、そんな感じかと。叔母のお中元で届いていたのですが、毎年届くので食べ飽きたとのことで、好きに使っていいと」

「永野さん、これ、一頭の和牛からほんのわずかしか取れない、稀少《きしょう》部位なんだよ」

なんでも四百キロある和牛から、二キロくらいしか取れない大変貴重なお肉らしい。

ブランド牛ともなれば、百グラム数千円はすると。

「もしかして、ステーキにするのが一番おいしい食べ方だったりします？」

「まあ、そうだね」

そうとは知らず、私はシャトーブリアンをじっくりことこと煮込んでしまった。

「いつも作るビーフシチューよりおいしいわけですよ！」

ちなみに今回使ったシャトーブリアンは、日本人の誰もが知る有名な銘柄だった。

使ったのは、三百グラム。お値段を想像して、ゾッとしてしまう。

「ひ、ひとりで食べなくて、よかったです。罪悪感が……！」

「いや、永野さんひとりで食べていたら、シャトーブリアンだということに気づかなかったのでは？」

「それはそうですけれど、いずれ知って、罪の意識に苛《さいな》まれるかもしれないじゃないですか」

「罪の意識って……」

シャトーブリアンについてはひとまず忘れて、この素材の味が勝利した絶品ビーフシチューを食べることに集中した。

「そういえば、最近甘味祓いに行っていないけれど、ひとりでこっそりやっているわけではないよね？」

「――ッ!!」

食べているパンを、喉につっかえさせてしまった。瓶入りのオシャレな水を口に含み、なんとかごくんと飲み込む。

「永野さん、ひとりで甘味祓いに行かないって、約束したよね？」

「そ、それは……」

「早朝、出かけている日があったでしょう？」

「なぜ、それを？」

「扉の開け閉めする音が聞こえたから」

「す、すみません」

「どうして、ひとりで出かけるの？」

得意の暗黒微笑を浮かべ、私を責め立てるように問いかける。

「まあ、怪異の見回りに行かないのか、聞かなかった俺も悪いけれど」

「いや、でも、怪異と対峙《たいじ》しているわけではないんです」

スマホを取り出し、義彦叔父さんが作った怪異の自動給餌器の写真を見せた。

「これ、叔父が作った発明品で、邪気をまとった怪異が近づくと、自動でお菓子がでてくるものなんです。これに、お菓子を補充するために、朝、出かけていました」

「そうだったんだ。でも、けっこう暗かったでしょう？」

「いえ、明るくなってから、行くようにしています。夜に出かけるよりは、いいかなと思って」

「朝方も、酔っ払いはいるからね。むしろ、公園とかで一晩中飲んでいる人もいるから、夜の酔っ払いより手強《てごわ》い相手かもしれないし」

「ごもっともで」

「永野さん、お願いだから、変に気を遣って、無理な活動はしないでほしい。もしも永野さんに何かあったら、とんでもない邪気が発生すると思うから」

邪気は、長谷川係長の精神に多大なる影響を及ぼす。私が原因で、大変な事態へとなるのだ。

「申し訳ありませんでした」

「謝ってほしいんじゃないんだけれど」

「えっと……」

何を言ってほしいのか。ひとつだけ思い当たるが、あまりにも図々《ずうずう》しいのではないか。そんな風に思ってしまう。

長谷川係長は「はー」とため息をつき、上司モードで物申す。

「永野さん、復唱して」

「え、あ、はい」

「今後、二度とひとりで勝手に怪異退治には行きません」

「今後、二度と、ひとりで勝手に怪異退治には、行きません」

「よし」

つまり、長谷川係長をかならず同行させろ、ということなのだろう。

「この町に住んでいる以上、俺にも無関係ではないんだ」

「はい」

「だから、その辺自覚しておくように」

神様仏様長谷川様……そんな気持ちで、拝んでしまう。

これまでは担当地域をひとりで守らなければ、と考えていた。しかし今は、長谷川係長がいる。それが、どれだけ心強く、ありがたいものなのか。

「そういえば、話が変わりますけれど、長谷川係長、最近料理を始めたのですか？」

台所に、以前なかった調理器具があったのだ。料理をしている人の台所に変わっていたので、ちょっと驚いた。

「料理は、まあ、ちょっとだけ」

「何か、心境の変化でも？」

「怪我をしていた期間に永野さんが作ってるのを見たら、やってみたくなったんだ」

動画配信サイトにあるレシピ動画を見つつ、料理をしているらしい。

「なんか、料理している長谷川係長が想像できないんですけれど」

「なんで？」

「頑張ってイメージを膨らませてみたのですが、六本木のバーでカクテルをシャカシャカ作っている様子しか想像できなくて」

「その六本木シリーズはなんなの？」

「すみません、私もよくわかりません」

長谷川係長イコール夜の六本木のイメージが定着してしまった。完全に、桃谷君のせいである。

「永野さんにとって、六本木ってどんなイメージ？　あの辺、あまり近づかないから、いまいちピンとこなくて」

「一言で言うならば、異世界です」

「なんで？」

「だって、高級な外車がゴロゴロ止まっていますし、オシャレという強力な結界が張られたようなお店が住宅街にひょっこりありますし」

「また、偏ったイメージを持って……」

庶民とは縁のない土地――六本木。生活感のない長谷川係長との相性が抜群なのだろう。

京都から来た鬼と聞けば恐ろしいが、六本木から来た鬼と聞いたら、恐ろしさが半減するような気がしてならない。理由はよくわからないけれど。

「永野さん、また変なこと考えているでしょう？」

「す、すみません」

最後の最後で、私はまた謝罪することとなった。

◇◇◇

休日は料理をしたり、録りだめていたドラマを観たり。いろいろとリフレッシュできた。

今週は、桃谷君とあまりベタベタしないようにしなくては。

まずは、出勤のタイミングをずらす必要がある。

申し訳ないと思ったが、今日はマンションの表玄関からでなく、裏口から抜け出し、別のルートで会社を目指した。

私の到着から遅れて、桃谷君は出勤してくる。

「永野先輩、おはようございます」

「おはよう」

「今日は会わなかったですね」

「そうだったね」

桃谷君が接近しようものならば、同時に三歩離れる。社会的距離を、しっかり守らなければ。

もしも必要以上に近づこうものならば、ズバリと指摘する。

「桃谷君、ちょっと近いかも。私の声、聞こえにくかった？」

「あ、すみません。大丈夫です」

これを繰り返したら、さすがの桃谷君も距離を気にしてくれるようになった。

昼食は杉山さんや休憩室にいる女性陣と一緒に取るようにした。別の課のお姉様方が、桃谷君を囲んでくれたので、私は端っこに陣取って食べる。

仕事が終わったら、先に桃谷君を帰らせた。自分だけ先に帰るのは悪い、何か手伝うと言っていたが、はっきり大丈夫と言って断る。

桃谷君はしょんぼりしていたが、可哀想《かわいそう》だからといって甘やかしてはいけない。毅《き》然《ぜん》とした態度で接しなければ、また付き合っていると誤解されてしまうだろう。

このように距離を取る作戦を一週間ほど続けていたが、ある日突然桃谷君に呼びとめられた。

その日は、先に桃谷君を帰して、三十分ほど残業していた。

仕事を終えてロッカーにて着替え廊下を歩いていると、燃えるような夕日が窓に差し込んでいるのにふと気づく。

夕日は、どんどん建物に遮られて見えなくなっていった。早く帰らなければ、あっという間に暗くなってしまうだろう。

そう思っていると、背後から声がかかる。

「永野先輩」

「うわっ！」

振り返った先にいたのは、日傘を手にした桃谷君だった。

「ど、どうしたの？」

「人事部で、面談があったんです。今日で、配属されてから一ヶ月だったから」

「あ、そ、そうだったね」

そういえば、人事部から届いた桃谷君の評価を、提出していた。その評価をもとに、面談をしたのだろう。

この一ヶ月、桃谷君は本当に頑張った。花まるをあげたいくらいである。

だが、人事部で何か言われたのだろうか。表情が、暗い。

「あの、桃谷君、どうかしたの？」

桃谷君は目を伏せ、こくんと頷いた。

「もしかして、人事部の人に、嫌なことを言われた？」

「違います。最近、永野先輩が冷たいから、俺、嫌われたんじゃないかって思って」

「いやいやいや！　嫌ってなんかいないよ」

「だったらどうして、距離を取るような態度を取っていたのですか？」

「そ、それは……」

嘘をついて逃れられるような問題でもないだろう。ここは正直に、告げるしかない。すぐさま、腹を括《くく》る。

「ここではなんだから、別の場所に行こうか」

「はい」

会社を出て、無言で歩いて行く。どこに行っていいのかわからずに、結局純喫茶『やまねこ』にお邪魔した。他にお客さんがいなかったので、ひとまずホッとする。

マスターは一緒に来ているのが長谷川係長でないことには一切触れず、笑顔で迎えてくれた。なんていうか、ありがたいし接客のプロだと思う。

「ここのサンドイッチとアイスティー、おいしいんだよ」

「そうなんですね」

「お腹、空《す》いてない?」

「あまり」

ならば、アイスティーだけでいいだろう。マスターに頼んでおく。ひんやり冷やされたタオルで手を拭き、アイスティーの到着を待つ。

桃谷君は目を伏せたまま、視線を合わせようとしない。まだ、話せるような空気ではないだろう。気まずいが、しばし耐える。

三分ほどで、注文していたアイスティーがやってきた。マスターは空気を読んでくれたのか、お店の奥へと引っ込んでいく。

これ以上黙っておくわけにはいかないだろう。本題へ移らせてもらう。

「あ、あのね、桃谷君、私が、その、冷たく見えたのは、私と桃谷君が、付き合っているんじゃないかって、言われたからなの」

「誰が、そんなことを?」

「ひとりではなくて、いろんな人からだよ」

あえて、名前は言わないでおく。桃谷君の中に、その人に対する不快感が生まれるかもしれないし。なるべく、平和に解決したい。

「なんか、もっときれいな人と噂になるんだったらまだしも、私と噂になるなんて嫌でしょう？　だから、勘違いされないように、距離を取っていたの。そういうの、やったことがなくて、冷たく感じさせていたのならば、申し訳ないなと……思いまして」

「嫌じゃないです」

「はい？」

「遥香先輩と付き合っているって勘違いされるの、嫌じゃないです」

「そっかそっかって、ええっ!?」

桃谷君は、まっすぐな視線を向けて言った。聞き違いではないかと、我が耳を疑ってしまう。

「噂を本当にするのはダメですか？　俺、たぶん、遥香先輩のことが、好きなんです」

一瞬、白目を剝《む》いていたような気がする。桃谷君から「遥香先輩？」と呼ばれてハッとなった。

「え、いや、なんで？」

「理由はよくわからないのですが、一緒にいると、心がほわっとします。そういう人は、初めてなんです。だから、冷たくされた瞬間、とても、悲しかった」

なんということなのか。私の拒絶がきっかけで、桃谷君の中に芽生えていた恋心を自覚させる事態になるとは……！

「年下は、嫌ですか？」

「そういうわけではないのだけれど」

「俺、遥香先輩を、大事にします。だから、お付き合いしましょう！」

「え、えーっと……」

こんなに情熱的に告白されたのは、生まれて初めてである。

一緒にいて、心がほわっとする。はっきりしない理由であるものの、これこそ、杉山さんが以前熱弁していた人間的な部分に好意を抱いた、ということなのかもしれない。

気持ちは嬉しい。けれど、私は桃谷君を恋愛対象として見ていなかった。

やんわり断るのではなく、誠心誠意をもってお付き合いはできないと言わなければならないだろう。

「桃谷君、ごめんなさい。その……」

「わー、そっから先、聞きたくないです！」

「あのね、桃谷君」

「心の準備が、できていません」

「心の準備、十秒くらいでしてくれないかな？」

「ダメです。一ヶ月くらいは必要です」

「けっこう長いね」

はあ、とため息をつき、マスターが淹《い》れてくれたアイスティーを飲む。家でおいしい紅茶を、と思って挑戦するのだが、この味には絶対に近づけない。今日も、マスター特製のアイスティーはおいしかった。

「遥香先輩、彼氏いるんですか？」

「いないけれど」

「だったら俺、どうですか!!」

「いや、自社製品をオススメする営業マンみたいな勢いで言われても」

「だって、好きじゃなくても、お付き合いするでしょう？」

「十代のときはそういうこともあったけれど、この年になるとお付き合いするには結婚も視野に入るし」

お試しでお付き合いをしている場合ではないのだと、桃谷君にお伝えする。

「じゃあ、結婚前提でもかまいませんので！」

「いやいやいや、ちょっと待って。気持ちはありがたいけれど、無理だから」

「俺が新人で、頼りないからですか？」

「違うよ」

いったん、アイスティーを飲んで落ち着かなくては。私の中では処理しきれない巨大感情が、これでもかとぶつかってくる。

「だったら、どうしてお付き合いできないのですか？　理由を、知りたいです！」

言葉に詰まる。私の恋心を、ここでひけらかすつもりは毛頭なかったが——。

「もしかして、長谷川係長が好きだからですか!?」

飲んでいたアイスティーを噴き出しそうになった。なんとか飲み込んだが、気管に入ってしまい咳《せき》が止まらなくなる。

優しい桃谷君は、背中を撫でてくれた。

「ううっ……あ、ありがとう」

「いえいえ」

シーンと、静まり返る。なんだか、いたたまれないような雰囲気となった。

「恋のライバルが、長谷川係長だなんて、ついてないです」

「……」

自分の気持ちに、嘘はつきたくない。だから、桃谷君の呟きを否定したくはなかった。もう、逃げ場なんてないのだろう。だから素直に、長谷川係長が好きだというのを認める。

「でも、どうして、その、私の気持ちに気づいたの？」

「勘です」

「え？」

「総務課の人って、だいたい長谷川係長が好きですし」

「ま、まあ、そうだね」

「だから、遥香先輩も、長谷川係長が好きだと思ったんですよ」

「そ、そっか」

バレバレの態度をしていたのではと恐ろしくなったが、勘だったということでホッとした。いや、ホッとしていい状況ではないが。

「その、なんていうか、ごめんね」

「いえ、謝らないでください。諦めたわけではないので」

「はい？」

「長谷川係長に、宣戦布告します」

「ちょっ、やめて！」

「どうしてですか？」

「ただの片思いだから、長谷川係長に迷惑がかかるでしょう」

「あ、そう、ですね」

わかってもらえて、ホッとする。

「じゃあ、言わない代わりに、今度遥香先輩の家で、手料理食べさせてください」

「どうしてそうなる！」

「いつも食べているお弁当が、おいしそうなので」

「だったらお弁当でもいいでしょう？」

「お弁当は、長谷川係長にも作っているでしょう？　一緒は嫌なんです」

またしても、アイスティーを噴き出しそうになった。

「ど、どうして、私が長谷川係長にお弁当を作っているのを、知っているの？」

「あ、やっぱりそうだったんですね」

「へ？」

「前に、デスクで食べている長谷川係長のお弁当のおかずと、お昼に見た遥香先輩のおかずが一緒だったので、もしかしたら、なんて思っていたんです。否定されたら、間違いだったんだーで終わるつもりでしたが」

思わず、天井を仰ぐ。

私は自分で自分の墓穴を掘っていたようだ。あまりにも、愚かすぎる。

「深い理由は聞かないので、手料理、遥香先輩のおうちで食べさせてくれますよね？」

私が返事をしなかったら、桃谷君は「やっぱり長谷川係長に言っちゃおうかな」などと追い打ちをかけるような言動を取る。

ちらりと顔を見たら、にんまりと笑っていた。まるでいたずらが成功したときの、子どもみたいな表情である。

ここで、ようやく気づいた。桃谷君は長谷川係長同様、口が達者。私が勝てる相手ではなかった。

「わかった。でも、今日は無理だからね」

「はい！　一ヶ月後でも、二ヶ月後でも、待てます」

「そんな待たせないから。月末の金曜日はどう？」

「よろしくお願いいたします！」

なんだろうか、この、小悪魔と契約を結んでしまったような状況は。大丈夫か、大丈夫なのかと、疑問が暴雨のように降ってくる。

しかし、すでに了承してしまったので、あとの祭りだろう。ただ、桃谷君がうちにきて、料理を振る舞うだけだ。

「あ、そうだ。遥香先輩、俺が訪問する日に、杉山先輩や山田先輩を呼ぶのはなしですからね」

「その手があったか！」

「気づいてなかったのですね。でも、ダメですから」

結局、桃谷君だけを招待する、という方向で話はまとまった。

支払いを終え、お店を出る。扉が閉まる瞬間に、マスターと目が合ったので会釈しておいた。すると、気にするなと言わんばかりに手を振ってくれる。

パタンと扉が閉まると、目の前にカラスが数羽いた。カーカーと鳴きながら、桃谷君の肩に乗りたがる。

「うわ、またきた！」

どうやら、桃谷君の出待ちをしていたようだ。なんて健気《けなげ》なカラス達……。

桃谷君が手で追い払うと、どこかへと飛んで行った。

振り返った桃谷君は、眉尻を下げながら頭を下げる。

「遥香先輩、その、お騒がせしました」

「カラスにもてるなんて、大変だね」

「あ、違います。カラスのことじゃなくて、告白の件です」

「そっちね。まあ、なんというか、会社であまり私情を表に出さないようにね」

「はい、わかりました」

会社の人に一緒にいるのを見られたら、また変な勘ぐりをされてしまう。だから、桃谷君とはここで別れた。

「じゃあ、また明日」

「ええ、お疲れ様」

「お疲れ様です」

走って帰る桃谷君の後ろ姿を眺め、見えなくなってから私も歩き始める。

なんていうか、ものすごく疲れてしまった。のろのろとした足取りで帰る。

マンションにたどり着き、鍵を探すために鞄を探っていたら、声をかけられた。

「あれ、永野さん?」

「あ、長谷川係長。今、お帰りだったのですね」

「それはこっちの台詞《せりふ》。一時間前に退勤したと思っていたんだけれど」

「やまねこのアイスティーが飲みたくて、立ち寄っていたんです。マスターにも、久しぶりに会いたくて」

「そうだったんだね」

会話が途切れたあと、長谷川係長は何か探るような目で私を見つめる。

「あの、なんでしょうか？」

「いや、何かあったんだなと思って」

鋭い指摘に、言葉がでてこなくなる。しばしの沈黙のあと、なんとか「大丈夫です」と返した。明らかに何かあったと言っているようなものだが、今回ばかりは見逃してほしい。

「なんでもないようには見えないんだけれど？」

「本当に、大丈夫ですので」

そう言って、エントランスとエレベーターホールを隔てる扉を解錠した。開いた瞬間全力で走り、そのまま階段口から上がっていく。

長谷川係長はエレベーターを使うだろう。そう思っていたが、あとから追いかけてきた。

「永野さん、何があったのか、話して」

「ひええっ！」

まさか、追いかけてくるとは。

逃げようと必死になって階段を上るが、すぐに追いつかれる。ついに、踊り場の隅に追い詰められてしまった。

「永野さん」

「なんでもないです！　なんでもないです！　なんでもないんですー！」

「いやいや、いったん聞けや」

ドスの利いた京都訛りを耳にして、動きを止める。

逃げるなとばかりにジロリと睨《にら》まれた。壁ドンとかされているわけではないのに、眼力と言葉だけで私の動きを止めている。さすが鬼上司としか言いようがない。

「それで、何があったの？」

「いや、その、えっと」

早く言えというこれまでにない圧を感じたので、渋々話すことにした。

「桃谷君に、お付き合いを申し込まれたんです」

「あいつ……！」

「もちろん、断りましたよ」

事情は話したのに、解放してもらえる気配はない。

「教育担当を、替える」

「へ？」

「永野さんが担当している仕事の三分の一くらいは覚えただろうから、今度は別の人が担当している仕事を覚えさせるから」

「は、はあ」

正直、気まずさもあるので、外してくれるのは大変ありがたい。神様仏様長谷川様、とまたしても心の中で拝んでしまう。

「他に、困ったことはなかった？」

「いえ、特に」

「そう、よかった」

ポツリと呟き、長谷川係長は私から離れる。そして、「無理矢理聞いて、悪かったね」と謝った。

「いえ、長谷川係長に話せて、よかったです。ひとりで抱え込んで、悩んでいるところでした」

素直な気持ちを告げると、ピリッとした空気が和らぐ。

次の階からエレベーターに乗って、それぞれの部屋の前で別れた。

扉を閉め、鍵とチェーンをかける。

ひとりになった瞬間、大切なことを思い出した。そういえば、桃谷君を家に招いて手料理をふるまうと約束していたのだ。

これも、長谷川係長に話しておいたほうがよかったのか。

しかし、私が暴露することで、長谷川係長への好意を長谷川係長に話されても困る。

どうすればいいのか。考えれば考えるほど、わからなくなっていった。

「うあああああああ!!」

頭を抱えて叫んでいたら、鞄の中からジョージ・ハンクス七世とミスター・トムがひょっこり顔を覗かせた。

『おい、遥香、どうしたんだ!?』

『マドモアゼル、悩みがあるのならば、我らに話しておくれ』

「大丈夫……大丈夫……多分！」

『それ、大丈夫じゃないやつじゃないか』

『君の苦しむ顔は、見たくないんだよ』

「ちょっと、頭の中で整理してから話すね」

ひとまず、今日のところはゆっくりお風呂に浸かって休もう。

完全な、現実逃避であった。

◇◇◇

長谷川係長の宣言通り、桃谷君の教育は山田先輩に託されることになる。

桃谷君は山田先輩にもしっかり懐いていた。そのため、桃谷君は誰にでもあのような態度なのだな、と周知される。私と付き合っているのでは？　という疑念はきれいさっぱり晴れたようだ。

このまま桃谷君が部屋にやってきて手料理をふるまう件を、きれいさっぱり忘れてくれないかなと思っていた。しかし昨日、すれ違いざまに「月末の金曜日、楽しみにしていますね」などと耳元で囁かれてしまう。誰もいないところを狙って、こんなことをしてくるのだ。策士である。

何も起こらないといいのだが……。

不安でしかなかった。

# 第三章

# 陰陽師は記憶を取り戻す

（※ただし、一昨日の夕食は思い出せない）

週に一度、長谷川係長と共に浅草の町を巡回している。明日が、その日だ。

仕事から帰ってきたあと、お風呂に入って夕食を食べ、お菓子作りを行う。

明日も仕事なので、手が込んだものはできない。が、ストレス発散も兼ねてお菓子を作るのだ。

本日作るのは、アーモンドクッキー。

まず、薄力粉とバターをフードプロセッサーに入れて混ぜる。これに塩と粉糖を入れて、再びフードプロセッサーのスイッチをオン。さらに、溶き卵とバニラエッセンス、ベーキングパウダーを入れて混ぜる。続いて皮付きの砕いたアーモンドを入れて、へらで均等に混ぜた。これで、生地が完成。

生地は一晩休ませなければいけないのだけれど、その工程は無視だ。冷凍庫の中で三十分ほど冷やしたあと、包丁で生地をカットする。

オーブンで三十分ほど焼いたらアーモンドクッキーの完成だ。

これも、叔母から習ったレシピである。

ちなみに、アーモンドはスペインのマルコナ種とバレンシア種を半々使うように言われたが、そんなものが日本で簡単に手に入るわけがない。念のためにアーモンドの袋を見てみたら、カリフォルニア産と書かれてあった。

焼き上がったクッキーはアーモンドの風味が香ばしく、クッキー生地はバターが香り高く仕上がっていた。

明日持って行くクッキーを、食品保存容器に詰め込んでおく。日曜日に量産した自動給餌器用のグラノーラも、鞄に持った。

翌日、仕事を終えて長谷川係長と待ち合わせをしている純喫茶『やまねこ』に向かった。今日は、私が先だったようだ。

「いらっしゃい」

「どうも」

「おお、遥香ちゃん。今日はひとり?」

「いえ、あとから長谷川係長がきます」

「そうか、そうか」

小腹が空いているので、サンドイッチとアイスティーを頼んだ。十分ほどで、持ってきてくれる。

「はいよ、お待たせ」

「ありがとうございます」

去りゆくマスターを、引き留める。

「あ、あの、マスター！」

「ん？」

「いつも、ありがとうございます」

「なんのお礼？」

「いえ、明らかにわけありな私達を、いつも、何も聞かずに受け入れていただいているので」

「ああ、そのお礼ね。昔から、不倫や犯罪じゃなければ、見ない振り、気づかない振りをしているんだよ。そういうお客さん、多いから」

よかった。私と長谷川係長は、不倫カップルに思われていなくて。

「まあ、好奇心がないとは言わないがな。しかし、お客さんの事情に踏み込んだ結果、二度とやってこない、なんてのがあったから。それを反省して、気づかない振りをしているのが一番だって思っているんだよ」

「そうだったのですね」

やっぱり、マスターには信条があって、見ない振りをしてくれているのだ。なんというか、ありがたい話である。

「これからも、気にせずゆっくり過ごしてくれ」

「ありがとうございます」

ペコリと頭を下げたところで、長谷川係長がやってきた。

「永野さん、ごめん。大平部長に捕まってしまって」

「いえいえ、大丈夫です。私も、来たばかりですので」

喉が渇いているのか、長谷川係長は出された水を一気飲みしていた。続けて、アイスコーヒーを注文する。

「今日も、暑いですね。そのスーツ、暑くないんですか?」

長袖長ズボンのスーツ姿なのに、長谷川係長はぜんぜん暑そうに見えない。不思議な現象である。

「いや、暑いよ。一応、接触冷感のジャケットを着ているんだけれど、それでもかなり暑い」

「接触冷感のジャケットなんてあるのですね」

「洗濯機で洗えるし、便利だよ」

なんとなく、ブランドのスーツを着ているのかと思いきや、そうではなかったようだ。なんでも、ああ見えて暑がりらしい。

それにしても、接触冷感のジャケットがあるなんて。便利な時代になったものである。それに乗じて、いつかTシャツ一枚で仕事ができる世の中になってほしいなと、切に願った。

純喫茶『やまねこ』でひと休みしたあと、「悪い怪異はいねが！　悪い怪異はいねが！」と心の中で繰り返しながら浅草の町を巡回する。

本日も、平和なようだ。怪異の気配は、どこにもない。

「本当、以前と比べて平和になったね」

「織莉子ちゃんが、怪異を脅して回ったのがこんなに効果的だったとは」

「んー、それだけではないような気もするけれど」

「他に、理由があると？」

「はっきりそうだとは言えないけれど、たぶん、そう」

この辺りの雰囲気が、以前とまるで違うらしい。

「怪異は何かを恐れ、身を潜めている。でもそれは、永野織莉子ではない」

いったい誰が、浅草の町で怪異を脅して回っているというのか。陰陽師の中に、それほどの実力者がいるとは思えなかった。

「ひとつだけ、心当たりがあるけれど、まだはっきりと言えるものではない」

「そ、そうなのですか？」

長谷川係長の表情は険しい。いったい何者なのか。想像もできなかった。

「ごめん。これに関しては、もうちょっとだけ調べておくよ」

「了解しました」

甘味祓いのアーモンドクッキーは必要ないようだ。怪異の自動給餌器にのみ、グラノーラを追加で入れておく。

「あの、長谷川係長、怪異用のクッキーを食べますか？」

「もらっていいの？」

「もちろん」

色気のない食品保存容器入りのクッキーだが、長谷川係長は喜んで受け取ってくれた。

ほっこりしていたのもつかの間のこと。長谷川係長が急に背後を振り返った。怪異でもいたのか。マジカル・シューティングスターをいつでも取り出せるよう、鞄の中で握ってから振り返る。そこにいたのは——よく見知った顔だった。

「あれ、長谷川係長に、永野先輩じゃないですか。どうしたんですか、そんなところで」

「桃谷君？」

プルオーバーのパーカーにジーンズを合わせたカジュアルな私服姿の桃谷君が、驚いた顔で私達を見つめていた。腕には、フクロウが止まっていた。もう片方の手には、日傘が握られている。夜でも、傘は手放せないのだろうか。

「長谷川係長と永野先輩、ここで偶然会った——わけではないですよね？」

「偶然帰りが一緒になったから、ラーメンでも食べて帰ろうか、という話になったんだよ」

あえて妙な言い訳はせず、ストレートな主張で桃谷君の質問を掻い潜《くぐ》る。さすが、長谷川係長だと思った。

「いいですね、ラーメン」

「桃谷君も一緒にどう？」

「ぜひ！」

そんなわけで、三人でラーメンを食べに行くこととなった。

「この前、永野さんにオススメされていたラーメンなんだ」

「へえ、そうなんですね」

たしかに、ラーメンを勧めた。ずいぶん前の話ではあるが。

徒歩五分ほどでお店に到着した。行列ができていたが、回転は早い。十分ほど待ったら、店内へと案内してもらえた。カウンター席だったので、端っこに陣取る。すぐ隣に、長谷川係長が座った。

長谷川係長に見えない角度で、桃谷君が頬を膨らましている。

もしかして、私の隣に座りたかったのだろうか。拗《す》ね方が、三歳児だ。

「桃谷君、どうかしたの？」

長谷川係長が振り返らずに尋ねたので、さすがの桃谷君も焦った表情で席に着いていた。

それにしても、長谷川係長は後ろに目でも付いているのか。そうだとしたら、恐ろしすぎる。

「永野さんまで、どうしたの？」

「な、なんでもないです」

「そう。で、何を頼む？」

ちなみにここのラーメンは、私が個人的に世界一おいしいと思っているラーメンである。

あっさり風味の塩と醤油のラーメンが自慢のお店だ。ニンニク不使用の、鶏と春雨を使った餃子《ギョーザ》も絶品である。

王道の醤油ラーメンと、餃子を頼んだ。長谷川係長も同じものを、桃谷君は醤油ラーメンと餃子に加えて、ライスを注文していた。

注文が終わると、桃谷君は長谷川係長の顔を覗き込むようにして質問する。

「長谷川係長は、永野先輩とよくごはんを食べに行くんですか？」

「永野さんだけじゃなくて、他の人ともよく行くよ。こうして食事を一緒にしている中での会話で、自分には見えていない会社の様子とかわかるし」

「なるほど！」

「桃谷君も、何か悩みごととか聞きたいことがあれば、いつでもどうぞ。何かおいしいものを食べながら、話を聞いてあげるから」

「長谷川係長、さすがです」

そんな会話をしているうちに、ラーメンが運ばれてくる。先ほど純喫茶『やまねこ』でマスター特製のサンドイッチを平らげたばかりであったが、一時間ほどうろついたので消化してしまったのだろう。お腹はペコペコだった。

ラーメンには煮卵がふたつに、チャーシュー、メンマ、三つ葉が載っている。うっとりと見入っている場合ではない。麺がのびてしまう。

まずは、スープを一口。あっさり風味の醤油味で、爽やかなゆずの香りがあとに残る。ちぢれた麺はぷりっぷりで、スープがよく絡む。

なんておいしいのかと幸せな気持ちに浸っていたら、餃子が運ばれてきた。皿には三つ置かれているが、一個が大ぶりでボリュームがある。これを、山椒《さんしょう》とタレでいただくのだ。皮の表面はパリパリ、中はもっちり。あんがぎっしり詰まっていて、食べ応えばっちりである。ニンニクの臭いを気にしなくてもいいので、なんとも魅力的であった。

会話もなく、黙々と食べる。言葉を交わすことを忘れてしまうほど、おいしかったのだ。

このお店の客の回転が早いわけである。

提供から二十分ほどで食べ終え、外に出た。長谷川係長の奢《おご》りである。

「長谷川係長、ごちそうさまでした」

桃谷君とふたり、頭を下げた。

「永野先輩オススメのラーメン、めちゃくちゃおいしかったです」

「よかった」

男の人はもっと、ニンニクたっぷりなラーメンを好むかと思っていたが、桃谷君はそうではないようだ。

「ニンニクの入った料理ってうまいんですけれど、臭いがきついですからね」

「そうそう」

と、お喋りはこれくらいにしなければ。明日も仕事だ。揃って家路に就く。

マンションの前で、桃谷君とは別れる。長谷川係長はどうするのか。動向が気になるところだ。

「俺は、スーパーに寄って帰るから、ここで」

「お疲れ様でした。永野先輩も」

「また、明日ね」

「はい！」

なんとか上手い感じに、誤魔化せたようだ。ホッと胸をなで下ろす。

◇◇◇

平和な日々が続いていた――そんな中で、長谷川係長から思いがけないお誘いがかかる。お声がかかったのは、偶然にも出勤前にエレベーターが一緒になったときであった。

「永野さん、デートに行かない？」

「デ、デート!?」

驚きの声を上げた瞬間、エレベーターが一階に到着する。

「考えておいて」

さらりとそんなことを言って、長谷川係長はスタスタと先を歩いていった。

私は別のルートから行くので、裏から出る。

デート!?　長谷川係長と!?　なぜ、いきなり!?

荒波のような疑問が、私に一気に押し寄せてくる。

混乱するあまり、デートの意味をネットで調べてしまった。

デート――好ましく思う相手と日時や場所を決めて、会うこと。

やはり、私が思っている通りのデートであった。

長谷川係長のおかげで、私の脳内は一日中デートでいっぱいだった。

帰宅後、長谷川係長からメールが届く。デートについて、考えてくれたのか、と。

もちろん、考えた。

長谷川係長とデートなんて、したいに決まっている。その気持ちを表明する前に、疑問に答えてもらいたい。

なぜ、いきなりデートに誘ったのか。

それとなく、自意識過剰かもしれないけれど、長谷川係長の中で私はほんのちょっとだけ特別な存在なのかな、と思うこともあった。けれど、長谷川係長みたいな完璧な人が、私に恋愛感情を抱くなどありえないと考えていた。

デートに誘ってくれたということは、脈ありなのだろうか？

それとも、からかっているだけなのか。それを、知りたい。

――どうして、私をデートに誘ったのですか？

メールの文面をしばし見つめ、えいや！　と声をかけつつ送信ボタンを押す。

返信はすぐに届いた。ドキドキしながら、開封する。

――永野さんとデートに行きたいと思ったから、誘っただけだよ

ただそれだけ、書かれていた。十分過ぎるほどの、光栄な理由だろう。

幸せな気分に浸っていたら、長谷川係長から電話がかかってくる。驚くあまり、ス

マホが落下しそうになった。

　ドキドキしたまま、電話に出る。

「も、もしもし」

『永野さん、今大丈夫？』

「はい、大丈夫です」

　いったいなんの電話なのか。ドキドキが収まらないまま、耳を傾ける。

『デートの答え、聞かせてもらってもいい？』

「あ、はい。私でよければ、よろこんで！」

『よかった』

　その声色は、本当に安堵したように聞こえた。さらっと誘っているように見えて、実は長谷川係長もドキドキしていたのだろうか。そうだとしたら、嬉しい。

『どこに行きたいとかある？』

「うーん」

　実は、スカイツリーに行ったことがないので、一度展望台まで登ってみたい。浅草の、カフェ巡りもいい。縁結びの神社に行くのもいいだろう。

　しかし、しかしだ。先日桃谷君に発見されたように、会社の人に見られてしまったら気まずい。

社内恋愛は禁止されていないが、同じ課同士でお付き合いするというのは、あまりいい目で見られない。

それには原因があって、その昔、同じ課の者が付き合い始め、仕事をさぼって社内でイチャイチャしていたのだ。その様子を、余所の課の部長が目撃してしまって大問題となった。以降、同じ課でお付き合いする場合は、どちらかが異動することがお決まりとなったわけだ。

そんなわけで、休日に長谷川係長とデートに出かけると、弊害が発生する。

「どこに誰の目があるのかわからないので、この辺りでデートはできないですよね……」

『だったら、山梨の宝石博物館にでも行く？　前に、飲み会で話をしていたでしょう？』

「それ、長谷川係長の歓迎会のときの話ですよね。よく覚えていますね」

『記憶力はいいから』

歓迎会のとき、「彼氏とデートに行くならばどこがいいか」という話で盛り上がったのだ。私が「山梨の宝石博物館がいいな」と言うと、隣にいた杉山さんに「渋いっすね」というコメントをもらった記憶がある。

しかし山梨ともなれば、高速バスを使っても片道二時間半以上、往復約五時間である。考えただけでも、疲れそうだ。

「日帰りで山梨まではちょっと……」

『じゃあ、泊まりがけで行く？』

「何をおっしゃっているのですか」

山梨も、お泊まりデートも却下である。私が反対するのが面白かったのか、長谷川係長は電話の向こうで笑っていた。

もっとこう、せっかくの休日なので、リラックスした時間を過ごしたい。と、考えたときに、ある名案が閃《ひらめ》く。

「あの、デートは家でしませんか？　一緒に映画を見て、料理を作って、だらだら過ごすんです」

『ああ、なるほど。いいね。だったら、たこ焼きとか、ホットケーキとか、そういうのを作るようにする？』

「最高です」

手の込んだ料理も楽しいが、それだと調理に集中しなければならない。たこ焼きやホットケーキであれば、わいわい話しながらできる。

「たこ焼きメーカーと、ホットプレートが一緒になったものを、持っています。叔母のですが」

『だったら、それを使って――場所は俺の部屋でいい？』

「お邪魔してもいいのであれば」

『いいよ』

そんなわけで、お家デートの開催が決まった。とても、楽しみである。

翌日からも、私の頭の中はデートでいっぱいだった。その様子を、杉山さんから突っ込まれる。

「永野先輩、大丈夫ですか？」

「え、何が？」

「ここ最近、脳内に花畑ができているのではと思うくらい、ニヤニヤしているので」

「う、嘘……」

「本当ですって」

杉山さんは先ほど隠し撮りしたという写真を見せてくれた。そこには、間違いなくニヤニヤしている私が写っていた。

「うわ、勤務中にこれはないわ」

「ですよね。山田先輩も気にしていたんですが、いつもより仕事が速いから、何も言えねえと発言していました」

「そうだったんだ」

「気を付けてくださいね」

「杉山さん、ありがとう」

　まさか、仕事中に緩みきった表情をしていたとは。しっかり気を引き締めて仕事をしなければならないだろう。


　本日は、長谷川係長と一緒に夜の見回りに行く日であった。

　怪異の自動給餌器の蓋を開いたが、グラノーラはほとんど減っていない。

「あれ？」

「どうかしたの？」

「グラノーラを怪異が食べていないみたいで」

「やっぱりね」

「何かお気づきになったのですか？」

「誰かが、怪異を退治しているんだ」

「え!?」

これまで怪異の姿は見えずとも、気配は感じていたらしい。しかし、今は怪異の気配がまったくないと。

「いったい誰が――」

「桃谷だ」

「え!?」

「いつも、傘を持ち歩いていただろう？　あれは、怪異と戦うための仕込み刀なんだよ」

「まさか！」

驚きすぎて、言葉を失う。あの日傘が仕込み刀だったなんて、まったく気づかなかった。

夜は日傘を差していなかったのに、持ち歩いているのはたしかにおかしかったが……。

最近、男性の中でも日傘を持ち歩くのは密《ひそ》かなブーム、みたいな話を聞いていたので違和感を抱かなかったのだろう。

「でも、よく気づきましたね」

「気づくも何も、桃谷家は陰陽師ではないものの、鬼退治で名を馳せた一族なんだ」

　桃谷君が持つ仕込み刀は、鬼殺しの異名を持つ刀だという。

「長谷川家も、もともとは鬼退治を得意としていた一族だったからね。明治時代まで、桃谷家と交流もあったようだし」

　戦争を境に、家と家の繋がりはなくなってしまったようだ。

「戦時中は生きていくだけでも大変な時代だったから、縁が切れるのも仕方がなかったみたい」

　長谷川係長は岡山出身の桃谷と聞いて、すぐにピンときたようだ。

「なんか引っかかって、実家に連絡をして調べてもらったんだ」

「そう、だったのですね」

　やはり、桃谷君は桃太郎に関係する一族だったようだ。

「ま、まさか、長谷川係長を退治にきた、というわけではないですよね？」

「さあ？　目的はよくわからない。けれど、殺意は一度も向けてきたことはないから、そこまで警戒はしてなかった」

　のほほんとしている桃谷君が、長谷川係長の命を狙っているとは信じがたいが……。

ただ、桃谷家が鬼殺しの一族である以上、安心はできないだろう。

「一応、こちらを気にしている気配もないから、気づかない振りをしているけれど」

話を聞いているうちに、胸がドクドクと脈打つ。

はせの姫や鬼、桃太郎が出てくる夢の話を、したほうがいいのだろうか。

根拠はない話だし、桃谷君が本当に桃太郎の生まれ変わりだと仮定しても、長谷川係長の身を守る方法を思いつくわけではない。

でも、知らないよりも知っていたほうがいいだろう。

「あ、あの――、――、――、――!?」

桃太郎について話そうとしたが、どうしてか言葉がでてこない。ただ、口をパクパクと動かすばかりであった。

「永野さん、どうかしたの？」

「――っ、いえ」

絞り出せた言葉は、「いえ」だけだった。そのあとも、桃太郎について話そうとするたびに、声がでなくなった。これはいったいなんなのか。

「永野さん、怪異がいなくなった件は、家の人に報告しておいたほうがいいかも」

「そうですね。ひとまず、怪異の自動給餌器を作った叔父に電話してみます」

一郎伯父さんはいつでも連絡してもいいと言っていたが、前回饕餮を買ってしまったので連絡したくない。父も、本家の顔色ばかり窺《うかが》っているので、相談したくなかった。

叔母は海外だし、そうなると義彦叔父さんしかいないのである。

「桃谷が怪異退治をして回ったという話だけは、まだ確証にいたっていない。この点だけは、伏せておいたほうがいいかもしれない」

「ですね」

怪異がいないのはいいことなのだろうが、どうしてか胸騒ぎがするのだ。

何も、起こらないといいのだが……。

帰宅後、すぐに義彦叔父さんに連絡した。

『もしもし、遥香ちゃん？』

「あ、こんばんは。すみません、夜分遅くに」

『いいよ。何かあったんでしょう？』

「はい」

義彦叔父さんに、事情を話す。

『怪異がいなくなっただって？』

「はい。何者かが、退治して回っているようです」

もともと、私の担当区域には、強力な怪異はいない。甘味祓いで、弱体化させているからだ。

『いったい、何が目的なんだろうね？』

「見当もつきません」

『まあ、怪異はいないに越したことはないのだけれど』

このあとすぐに、本家に連絡を入れてくれるという。ひとまず、肩の荷が下りた。

『陰陽師が担当区以外の怪異を倒しにでかけるなんて、ありえない。だから、陰陽師以外の家門の人かもしれないね』

「で、ですね」

鋭い指摘に、声がうわずってしまう。私は根っからの、嘘がつけないタイプなのだ。自分で言うのもなんだけれど。

『何かわかったら、連絡するから』

「わかりました」

『じゃあ、またね』

「はい」

電話が切れたあと、盛大なため息がでてしまう。どうしてこう、次から次へと問題が降りかかってくるのか。

ケージの中で回し車を回していたジョージ・ハンクス七世が、声をかけてくれる。

『遥香、あまり思い詰めるなよ』

ジョージ・ハンクス七世の言葉に、ミスター・トムもこくこく頷く。

『マドモアゼルは、笑顔が一番だからね』

「ふたりとも、ありがとう」

落ち込んでいたって仕方がない。甘い物でも食べて、元気をつけよう。

ただ、やはりなんだか嫌な予感がするので、父に怪異がいなくなったことをメールで連絡しておく。一時間後に、「わかった」とだけ返信があった。

その日は早めに寝たのだが、翌日、私はニュースを見て仰天することとなった。

出勤五分前にテレビを点けたら、見知った浅草の通りが映っていた。路地の入り口に、キープアウトの黄色いテープが貼られている。

『――事件が起きたのは早朝六時。刺された女性は意識不明の重体です』

「な……なな、な、なんで!?」

そこは、私が担当する地域である。昨日、見回りをして怪異がいないことを確認した。

呆然《ぼうぜん》としていたら、スマホと玄関のチャイムが同時に鳴って飛び上がるほど驚いた。スマホのディスプレイには、父とある。チャイムを押したのは、長谷川係長だろう。

ひとまず、長谷川係長のほうを優先した。

扉の向こうには、スーツ姿の長谷川係長がいた。

「永野さん、ごめん。今、ニュースを見て」

「ええ、私もびっくりして」

これまで必死になって怪異の邪気を祓い、守ってきた町で事件が起こるなんて……。

本当に、信じられない。

「い、いったい、誰が……？」

悔しいという気持ちが高まって、涙が溢《あふ》れてしまう。ガタガタと震えてしまうのは、犯人に対する恐怖からか。

本当に、情けない。そんな私を、長谷川係長は手を握って引き寄せる。

そして、慰めるようにぎゅっと抱きしめてくれたのだ。

ぽんぽんと、優しく背中を叩かれているうちに、涙は引っ込んだ。震えも、いつの間にか止まっている。

「そ、そろそろ会社に行きませんと」

「永野さんは、半休を取ったらいいよ。さっきから鳴っているの、実家からの電話じゃない？」

「そ、そうです」

「木下課長には、言っておくからさ」

緊急事態なので、お言葉に甘えさせてもらった。長谷川係長を送り出したあと、父の電話に出る。

『遥香、どういうことなんだ!?』

「いや、私も聞きたいよ。異常については、昨日報告しておいたでしょう？」

『怪異がいなくなっただなんて、信じられない』

「それは私もだよ」

『なぜ、電話で報告してこなかったんだ！』

「メールで送ったでしょう？」

『重要な報告は、メールではなく電話でと、習わなかったのか？』

「いや、お父さんもメールで返していたじゃん」

『あ、あれは、夜遅かったからで……！』

なんでも、父は昨日送ったメールを本家に報告せず、そのままぐっすり眠っていたらしい。

「どうせお父さんは私の話をまともに取り合わないから、先に義彦叔父さんに報告しておいたんだよね」

『そのせいで、朝から父さんに能なし扱いされたよ。お前のせいだ』

「私のせいじゃないから」

事件について話を聞きたいのだろうと思っていたのに、クレームを先に言うとは。だんだんと頭が痛くなる。いや、親子喧嘩をしている場合ではなかった。

『しかし、怪異がいなくなったというのは、本当なのか？』

「本当だって。織莉子ちゃんが見回りをしていたときから少なくなっていたんだけれど、そのあと一ヶ月くらいでごっそりいなくなったの」

『わかった。そう、報告しておく』

「お願いね」

電話を切る前に、盛大なため息をついてしまった。父の『おい、今ため息をついたか!?』という声が聞こえたものの、ブツンと通話を切った。

なんというか、父は祖父や伯父に口うるさく言われながら育ったせいで、自分の保身を第一に考えているところがある。自分の名誉を守るためならば、家族なんて二の次三の次。そういう悪いところがあるのだ。

しかし、父親としてすべてがダメだというわけではない。小学生のときは勉強を見てくれたし、母に内緒でお小遣いもくれた。休みの日は遊園地や海、バーベキューなどに連れて行ってくれたし、夏休みには旅行に連れて行ってくれた。仕事で疲れているはずなのに、土日は家族サービスをしてくれた父へは感謝の気持ちしかない。社会人になってから、その辺のすごさに気づいたわけなのだが。

父親の見本のような家族に好かれる存在だったものの、実家の事情が絡むと、途端にダメ親父《おやじ》と化すのだ。この辺は、育った環境が悪かったといえばいいのか。きっと、父はたっぷり祖父から嫌みを言われたのだろう。一族の管轄下で、大きな事件が起こるというのは、陰陽師にとって恥なのだ。『ホタテスター印刷』の事件も忘れられていない中なので、余計に気まずいのだろう。

けれど今回の事件に限っては、私の担当地域にいる怪異が起こした事件ではない。もしかしたら、他の地域から怪異を取り憑《つ》かせた状態でやってきた人による犯行の可能性も否めないのだ。

とにかく、私はしっかり対策をしていた。今後何を聞かれても、どん！　と構えたい。

そんな覚悟をした瞬間、電話がかかってくる。悲鳴をあげ、またしても全力で驚いてしまった。スマホに表示された名前は、義彦叔父さんだった。

「も、もしもし」

『あ、遥香ちゃん、今、大丈夫？』

「はい。大丈夫です」

『もうすぐ勤務時間始まるよね？』

「あ、いえ。半休を取りました」

『そうだったんだ。なら、さっそく本題に移るけれど——今朝方の事件は驚いたね』

「ええ」

『一応、父には独自に調べた結果と合わせて報告しておいたから。事件は起きちゃったけれど、遥香ちゃんは悪くないからね。父や兄にも、きちんと言い聞かせておいたから』

「義彦叔父さん、ありがとうございます」

この言葉を、父に言ってほしかったのに……。

義彦叔父さんがいてよかった。そうでなければ、今頃祖父に「永野家の恥さらしが!!」と怒鳴られていたかもしれない。

『昨日、怪異レーダーも調べたんだけれど、遥香ちゃんの言っていた通り、担当地域から忽然《こつぜん》と怪異が消えていたのを確認したよ』

義彦叔父さんは浅草の町全体に、独自に開発した怪異レーダーを設置している。叔母が見回りをしていたときから数が減っていたようだが、ここ最近はゼロに近い数値が続いていたと。そして昨日はついに、怪異の数がゼロになっていたらしい。

『結果を見てみると、遥香ちゃんの担当地域で、事件が起こるわけがないんだ』

「やっぱり、そうなりますよね。もしかしたら、他の担当地区で怪異を取り憑かせた人が起こした事件だったのかな、と」

『遥香ちゃん、それもありえないんだよ』

「どういうこと？」

『怪異は土地に憑く。取り憑いた人と一緒に移動したとしても、行動に影響を及ぼすような力はなくなるはずなんだ』

他の地域からきた人が事件を起こした場合、それは邪気や怪異のせいではなく、自身のせいだということになるのか。

電話の向こう側にいる義彦叔父さんは、興奮した様子だった。

『これは、大発見なんだよ！　長年、我々の間では怪異のせいで人は事件を起こすと決めつけられていたんだ！』

「怪異は、悪くなかったってことですか？」

『そうだとは答えられないけれど、おそらく、殺害現場に偶然居合わせた人を犯人だと疑うようなものだったのかな、と。怪異は人が漂わせる邪気を、糧としていただけなのかもしれない』

「だとしたら、怪異にとってはとんでもなく迷惑な話ですよね」

ずっとずっと長い間、怪異は悪とされ、人は正義とされてきた。

それならば、本当に悪いのは怪異ではない。問答無用で悪だと決めつける、人なのだろう。

『とにかく、この件はよく調べなければいけないね』

「そうですね」

『ひとまず、前代未聞の事件だから、永野家の本家の人達が調査に行くかもしれない。接触はしてこないだろうけれど、何かあったらよろしくね』

「わかりました」

『じゃあ、また』

「はい。いろいろと、ありがとうございました」

『気にしないで。じゃあね』

電話がプツンと切られた。今度は、安堵のため息をつく。

通話中、スマホに着信はなかったようだ。義彦叔父さんが説明してくれたおかげだろう。本当に、ありがたい。

ホッとしたのもつかの間のこと。叔母から大丈夫だったのかという国際電話や、実家の母からの心配するメール、一郎伯父さんからの心配する電話と、怒濤《どとう》の連絡ラッシュが続いた。半休のおかげで、なんとか対応できた。

出勤前に再びテレビを点けたら、浅草で起きた事件の犯人逮捕の速報が流れる。

ホッとしたのは言うまでもない。

午後から出勤する。

途中で、私の仕事をフォローしてくれたであろう山田先輩や杉山さん、桃谷君に人形焼きを買っていく。

ひょっこり顔を覗かせたが、休憩時間だったのでフロアにはほとんど人がいなかった。まずは、長谷川係長にご挨拶にいった。

「お疲れさまです」

「永野さん、大丈夫だった？」

「は、はあ」

首を寝違えて動けないので、半日休むということになっていたようだ。嘘をつくのは忍びないが、今日ばかりは許してもらおう。

食堂から戻ってきた山田先輩や桃谷君が、私を発見するなり心配してくれた。

「永野、首、大丈夫だったか？」

「永野先輩、無理しないでくださいね」

皆の優しさが、胸に沁みる。遅れを取り返すために、いったん陰陽師業は忘れて頑張らなければ。

そんなこんなで、一日が終わった。

◇◇◇

まだ七月だというのに、茹《う》だるような暑さだ。

空から照りつける太陽の光と、アスファルトの照り返しに天然のホットサンドメーカーだよと思いながら道を歩く。そのうち、こんがり焼けてしまいそうだ。

帽子の上に日傘を差すという、意味があるのかないのかわからない重装備ででかけた。向かった先は、会社の前にある老舗レストラン。昭和中期を思わせる、レトロなソファやテーブルが並んだお店である。

店内はクーラーが効いていて、天国だと思った。店員さんに先に連れが来ていると説明したら、フロアのほうへと誘われる。

「遥香ちゃん、こっち！」

笑顔で手を振る義彦叔父さんに、会釈する。今日は中間報告会というわけであった。ちなみに今は昼休み。お昼ごはんを兼ねて、話をしようと持ちかけたのは義彦叔父さんであった。わざわざ、私の会社近くを選んでくれたのだ。

「いやはや、悪いね。仕事中なのに」

「義彦叔父さんも、お仕事でしょう？」

「今日はお休みだから、僕のことは気にしないで」

ひとまず、何か頼むといいとメニューを広げてくれた。ここのお店で食べるものは、すでに決まっている。

「遥香ちゃん、食べたいもの決まった？」

「私は、オムライスとウーロン茶です」

店員さんに注文したあと、運ばれてきたお冷やを飲みながら話をする。

「先日、本家で緊急会議があったんだけれどね……」

語りながら、遠い目をしていた。きっと、よい結果を持って帰れなかったのだろう。

なんでも、義彦叔父さんは永野家の集まりで、人と怪異の関係についての、これまでの定説を疑問視する声をあげた。けれど、祖父は「バカなことを！」と言って一蹴したらしい。

その反応は、意外だった。

義彦叔父さんは永野家の人々から愛されていた。だから、声をあげたら誰もが耳を傾けると思っていたのだ。

感じたことをそのまま伝えたら、義彦叔父さんは「ははは」と乾いた笑い声をあげた。どこか、自分自身を嘲るような響きを感じてしまったのは気のせいだろうか。

「こういう話を、あまりしないほうがいいと思うんだけれど――」

なんでも、本家の三番目の子どもとして生まれた義彦叔父さんは、ふたりの兄を反面教師としながら育ったらしい。

「プライドだけは高い長男、優しいけれど世渡り下手な次男、ふたりの兄は対照的でね」

優しいけれど世渡り下手な次男というのは、私の父である。なんてドンピシャな表現なのか。

「父が怒ること、喜ぶことを兄ふたりから学習して、父にとって都合のいい子を演じていたんだ。そうとは知らない父は、できる子だと喜んで、可愛がってくれた。これを兄さん達が知ったら、怒るだろうな」

「それは……そうかもしれないね」

特に父は、祖父の逆鱗《げきりん》に触れないように慎重に行動している。それでも、うっかり触れてしまうようだが。それを見た一郎伯父さんが、父を責めるのだから余計に神経質になるのだろう。

「初めて、父の機嫌を窺わずに、自分の意見を言ったんだ。結果がこれさ」

誰も、義彦叔父さんの話は聞かずに、見当違いの話し合いを続けていたという。

「怪異レーダーのデータだって、信じてくれなかった。まるで空想世界の話みたいだと、バカにされたよ」

「義彦叔父さん……」

「織莉子がいれば、また違っていただろうけれど」

叔母はまだ仕事先であるロンドンから帰ってきていない。

「なんていうか、織莉子みたいに実力で周囲を納得させることができないのが、悔しいよ。ずっと得意としていたのは、陰陽術ではなくて、腹芸だったんだなって、自分のことながらガッカリしてしまった」

なんて言葉を返していいのか、わからない。

怪異は人の敵である。永野家のそんな常識を覆すのは、とてつもなく大変なことなのだろう。

「それにしても、遥香ちゃんの地域の怪異を一掃した人って、何者なんだろうね」

「えっと、それに関しては、心当たりがあるというか、ないというか」

桃谷君に聞けば一発なのだが、彼は常に人に囲まれているので聞き出すタイミングがなかったのだ。

「それって、どういうこと？」

「なんとなくこの人ではないか、という目星はついているから、あと一週間、待っていただきたいなと」

来週は月末で、桃谷君を家に招く日でもある。そこで、聞き出す予定なのだ。

「遥香ちゃん、なるべく危険がないように立ち回ってね。そして、困ったときはこちらの迷惑なんて考えずに、いつでも連絡していいから」

「義彦叔父さん、ありがとうございます」

「まあ、織莉子みたいに頼りにはならないけれど」

そんなことはない。首を横に振って否定する。

「頼りにしています」

「え、本当に？　だったら、これまで以上に頑張らないとな」

「無理しないようにしないとね」

「それは、お互い様だ」

と、お喋りし過ぎたようだ。オムライスは、とうの昔にやってきていた。残念ながら味わっている時間はない。十分で食べてから会社に戻る。

あっという間に、一日が終わった。

◇◇◇

事件の翌日から、毎日長谷川係長とふたりで早朝の見回りをしていた。相変わらず、怪異の気配は欠片《かけら》もない。自動給餌器に仕掛けたグラノーラも、ぜんぜん減っていなかった。

今日はせっかくの休日なのに、わからないことばかりでしょんぼりしてしまう。

ふと、別の疑問を思い出し、隣を歩く長谷川係長に質問を投げかけてみた。

「桃谷君は相変わらず、長谷川係長を意識している様子はないんですよね？」

「そうだね」

「だったら、長谷川係長が悪い鬼ではないとわかっているのでしょうか？」

「それはどうだろう？　かの有名な鬼殺しの一族は、善悪関係なく、鬼と見れば殺して回っていたみたいだし」

「その方針が現代にも伝わっていたならば、長谷川係長も問答無用で斬られるというわけですね」

「まあでも、道ばたに死体が転がっていたのが日常茶飯事だった昔と違って、現代は人を殺すと事件になるからね。警察に陰陽師と交流のある刑事がいても、殺人事件までは隠蔽できないから」

「ですよね」

桃谷君が何を考えて怪異を退治して回っているのか。目的を聞かない限りは、こちらも動けない。

「永野さん、帰ろう」

「……はい」

とぼとぼ歩いていたら、長谷川係長が励ますように背中をポン！　と叩いてくれた。

「昨日、立派なたこを買ったんだ」

一瞬、なんの話かと思って首を傾げる。が、すぐにお家デートで使う食材だと気づいた。

「永野さん、今日のデートについて、忘れていなかった？」

「その、すみません。一瞬だけ忘れていました」

「酷いな。昨日、スーパーで一生懸命吟味して選んだのに」

「ごめんなさい」

きちんと、食材の担当を振り分けたのだった。私が粉物担当で、長谷川係長は生物担当だと。

「シャワーを浴びて、一眠りしようかな」

「私もそうします」

まだ早いのでこのあと一眠りして、十一時からデートを始めることにする。

暗い気分から一転して、ワクワク気分での帰宅となった。

着ていく服を決めてから寝よう。そう思っていたのに、どんな服を着ていけばいいのかわからない。取り出した服をベッドの上に並べて、頭を抱え込む。

お家デートは可愛いルームウェアを着てまったり楽しむ、みたいなイメージだ。しかしそれは、かなり親しい間柄でのみ許されるものだろう。たとえ、ボーナスの日に思い切って買ったルームウェア一式が一万円超えていようが、その姿で長谷川係長の前になんて出て行けない。かといって、普通のデートに着ていくようなワンピースはなんだか違う気がする。

「う――――ん」

悩んでいるところに、ジョージ・ハンクス七世とミスター・トムがやってきた。悩める子羊である私に、声をかける。

『おい、遥香、どうしたんだ？　うめき声がリビングまで聞こえてきたぞ』

『マドモアゼル……カナリアのような君が、嘆いているなんて悲しいよ』

『トム、お前、何言ってんだよ』

『ジョージ、カナリアには、いつでも美しく鳴いてほしいと思うだろう？』

『いや、これまで一回も思ったことねえよ』

　ジョージ・ハンクス七世とミスター・トムのやりとりにほっこりしてしまう。しかしそれも一瞬のことで、再びお家デートの服装問題に頭を悩ませる。

　ミスター・トムがとっとこ走ってきて、私の肩に乗って話しかけてくる。

『それで、マドモアゼルは何を悩んでいるのかな？』

「あ、これから長谷川係長とお家デートなんだけれど、どういう服装がいいのか迷っていて」

『ああ、なるほど。そういうわけか。ドレスアップなら、私に任せてくれよ』

　ジョージ・ハンクス七世もやってきて『ジャージで行け』などと耳元で囁く。

「ジャージはちょっと」

『いいじゃないか、ジャージ。なんか最近、ギャップ萌え、ってやつが流行《はや》っていると、お前の会社の奴が言っていたぞ』

「いや、長谷川係長は私のジャージ姿で、ギャップ萌えなんかしないと思うよ」

『難しいんだな』

「まあね」

　ミスター・トムは私の開けたままのチェストに跳び乗り、中を吟味しているようだ。

　夏服は、シンプルなだけに誤魔化しが利かない。冬のように、いいコートを着て、下はハイネックのセーターとスカートを合わせておいたらひとまずオシャレに見える、みたいな荒技は使えないのだ。

『お家デートは、寛《くつろ》げるゆったりとした恰好がいいだろう』

『やっぱジャージじゃねえか』

「私、ジャージは中学のときのしか持っていないよ」

なぜ、大事に持っているのかといえば、母が「パジャマにいいわよ」と言って送ってくれたからだ。永野、という刺繍《ししゅう》入りの、最高にイケてるジャージである。

『やはりだね、ギャップ萌えは演出したい』

そう呟き、ミスター・トムがチェストから取り出したのは、叔母のお下がりのVネックカットソーであった。

ハムスターの小さな手で、よく服を持ち上げられるなと感心する。が、ミスター・トムはジョージ・ハンクス七世と同じ式神である。普通のハムスターよりも力持ちなのだ。

「なんで、その服を?」

『普段、マドモアゼルは襟ぐりの詰まった服を着ているだろう？　深めに開いた胸元に、とてつもないギャップを感じるはずだ』

「な、なるほど」

そんなVネックカットソーに合わせるのは、スキニーデニム。

「スカートじゃないんだ」

『スカートだと、座り方とか気になるだろう？　皺も気になるだろうし。絶対にパンツのほうが過ごしやすい』

「おおお」

ミスター・トムは、有益なアドバイスを次々としてくれる。

『最後に、これだ！』

そう叫びながら取り出したのは、薄手のサマーカーディガンだ。お店のクーラーが効きすぎていて寒いときがあるので、夏はたいてい持ち歩いている。

『男性の多くは暑がり、女性は寒がりだ。お家デートをする中で、クーラーの温度で喧嘩などしたくないだろう？　織莉子と旦那は、よくそれで喧嘩しているのだよ。嘆かわしい』

ミスター・トムの豊富な服の知識はどこからやってきたのか疑問だったが、叔母夫婦の様子を見て学んだのだろう。

『それ以外にも、もうひとつサマーカーディガンを着る理由がある。マドモアゼル、わかるだろうか？』

「え、なんだろう？　うーん」

サマーカーディガンは寒いときにサッと着るものである。それ以外の用途は、まったく思いつかない。

「ミスター・トム、わからないから、教えてくれる？」

『ふむ、いいだろう。男性は好ましく思っている女性が服を脱いだときに、ドキッとしてしまう生き物なんだ』

「ああ、そういう理由」

『一度、彼の前で脱いでみるといい』

「暑かったらね」

そういう計算は、場数を踏んでいない私がやって成功するとは思えなかった。ひとつのテクニックとして、胸に留《とど》めておく。

ミスター・トムのおかげで、お家デートの服が決まった。ホッと胸をなで下ろす。

『遥香、これから仮眠するのか？』

「うーん、眠気も吹き飛んでしまったな」

寝台は服だらけで、すぐに眠れる状況ではない。服を選んでいるうちに目も冴《さ》えてしまった。睡眠は必要ないように思える。

「お土産に持っていくお菓子でも作ろうかな」

ジョージ・ハンクス七世とミスター・トムを手のひらに乗せ、ケージに戻してあげる。感謝の気持ちとして、茹《ゆ》でたブロッコリーをあげた。

「さて、と。お菓子はどうしようかな」

時計を見ると、九時過ぎだった。洋服選びに、二時間以上かけていたらしい。ミスター・トムがいなかったら、今頃どうなっていたか。ゾッとしてしまう。

お菓子は簡単なものを作ろう。せっかくなので、夏らしいものがいいだろう。

食品棚を探った結果、カップ形のタルト生地を発見した。これは、手軽に各種タルトを作れるものである。一個の大きさは、カップケーキ一個分くらい。切り分けなくてもいいので、気軽に食べられる。

ここで、どのタルトがいいかピンと閃いた。レモンメレンゲタルトを作ろう。

調理台に材料を取り出す。レモンカードに卵、グラニュー糖。

レモンカードとは、レモンに砂糖、バター、卵を加えたものである。先月作って瓶詰めしていたものを使う。

まず、卵白にグラニュー糖を加え、しっかり泡立てる。もこもこになり、ボウルをひっくり返しても落ちないくらい固めるのだ。

続いて、タルトクッキーにレモンカード、メレンゲと重ねる。これを百八十度で温めたオーブンで十分くらい焼いたら、レモンメレンゲタルトの完成だ。

タルトクッキーとレモンカードがあらかじめ家にあったので、三十分くらいで完成した。見た目も可愛いし、味もおいしいし、お気に入りのお菓子である。

今日は特別に、可愛い箱に入れて持って行こう。粗熱が取れたレモンメレンゲタルトにアルミカップを重ねて、箱に詰める。

雰囲気だけは、お店で売っているお菓子のようだ。

シャワーを浴びて、髪を乾かし、ミスター・トムが選んでくれたギャップ萌えコーディネートを着る。

化粧はいつもより薄めにしておいた。

髪型はどうしようか。普段と違う雰囲気を狙うならば下ろしたままがいいけれど、料理もするので留めておこう。調理の邪魔にならないように、三つ編みのおさげにした髪を後頭部にまとめて、ヘアピンで髪の中に毛先を押し込んだ。

あとは、長谷川係長の家に持って行くものの最終確認をする。私は粉物大使を命じられていた。たこ焼き用の粉に、ホットケーキミックス、かつお節、砂糖、以上。

長谷川係長は、たことソース類を用意してもらっている。なんとも安上がりなデートである。だが、それがいいのだ。

と、のんびりしている場合ではない。そろそろ約束の時間だ。

「じゃあ、ジョージ・ハンクス七世、ミスター・トム、行ってくるね」

『おう、楽しんでこいよ』

『マドモアゼル、すてきな思い出を』

「ありがとう！」

ドキドキしながら、長谷川係長の部屋のチャイムを押した。すぐに、扉が開かれる。

長谷川係長が、ひょっこり顔を覗かせた。

「いらっしゃい、どうぞ」

「お邪魔します」

この言葉にできない気恥ずかしさは、なんなのだろうか。何度か訪問しているにもかかわらず、最大限にまで照れてしまった。

長谷川係長のお家デートの恰好は、黒縁メガネにテラコッタのコーチシャツ、黒のワイドパンツをコーディネートしていた。一見してオシャレだが、寛げるようなゆったりとした服装にも見える。

「あれ、長谷川係長、目が悪いのですか？」

「いや、これは邪眼封じのメガネ。普段は、コンタクトをつけているんだけれど」

「そんな物があるんですね」

「実家が用意してくれたんだ。俺も長年、知らなかったんだけれどね」

赴任初日に、昏倒《こんとう》した私を見て、慌てて長谷川家のご当主様に相談したらしい。

「それまで、邪眼対策はしていなかったのですか？」

「まあね。学生時代は、とにかく人と目を合わせないようにしていたんだ」

「それはそれは、大変でしたね」

邪眼封じの呪術もあるようだが、富士山の山頂まで登らないといけないようだ。術者が今年で御年九十五歳のため、実行できないでいるという。

「弟子の代になったら、頼んでみるよ」

長谷川係長の言葉に、それがいいですよとも返せず、苦笑いを浮かべるばかりであった。

「さて、まずはどうする？」

「まずはたこ焼きです！」

長谷川係長のオシャレなガラステーブルの上に、たこ焼き器を置く。場違い感が半端ないが、しばし我慢してほしい。

　ボウルや小皿などは、長谷川係長の私物を借りる。

「そういえばたこ焼きって、まともに食べたことないかも」

「え、関西にいたのに、ですか？」

「近くにあればいつでも食べられると思って、食べなかったんだと思う」

「そういうの、ありますよね」

　私もスカイツリーに行ったことはないし、人形焼きだって山田先輩にもらって初めて食べた。おいしかったので、今では頻繁に買いに行っている。

「なるほど。近すぎたら関与しない問題、たしかにあるかもですね」

「でしょう？」

　たこ焼きの流行は、外はカリッ、中はとろーりだ。けれど、自分の家で作る場合、とろーりとした食感に、焼けているのか焼けていないのか不安になる。そんなわけで、本日のたこ焼きの粉はふかふかタイプにしてみた。生焼けの心配もないだろう。

　長谷川係長が買ってきたたこは、きちんとボイルされているものだった。以前、生のたこを買って作ったのだが、家でボイルをしたら硬く仕上がって悔しい思いをした記憶が残っている。ほどよいボイルもプロの仕事なのだろう。

「永野さん、このたこ、どれくらいの大きさに切るの?」

「一口大です」

長谷川係長は思い切ったたこのカットをする。おおよそ、たこ焼き器に入らないであろう大きさであった。

「それを、さらに三分の一くらいに切ってください」

「難しいな」

たこのカットを難しいという長谷川係長の様子は、あまりにも貴重だろう。動画に収めておきたかった。

私はたこ焼き用の粉を水で溶き、くるくるかき混ぜるだけの簡単なお仕事をする。青ネギ、紅ショウガ、天かすは家から持ってきた。長谷川係長がたこを切り終わったら、準備は整う。

たこ焼き器を温めたあと、サラダ油とゴマ油を混ぜたものを塗っていく。油引きなんてないので、キッチンペーパーで代用した。カリカリに焼けるように、油は多めに引く。

「まず、生地をたこ焼き器にたっぷり流し込んでください。私はそのあと、たこを入れます」

「了解」

長谷川係長がお玉を使って生地を流し込む。眉間に皺を寄せ、鋭い視線をたこ焼き器に向けていた。

「上手くできている気がしないけれど」

「大丈夫です。お上手ですよ」

流し込んだ生地の中にたこを入れ、天かす、青ネギ、紅ショウガを散らしていく。

「この上からも、生地を流し込みます――のは、私がしますね」

「ありがとう」

生地の端が焼けてきたら、返しを使ってたこ焼き器の窪《くぼ》みと窪みの間を区切っていく。そうこうしているうちに、生地の周囲が焼けてくる。この状態になったら、ひっくり返すのだ。

「見事にひっくり返しているけれど、難しいんだろうね」

「長谷川係長もやってみます？」

「難しそうだけれど……」

「何事も挑戦です！」

長谷川係長が慎重な手つきで、たこ焼きをひっくり返す。きれいにできたので、拍手をして称《たた》えた。焼きを入れること十分ほど。たこ焼きは見事、完成となった。

ソースをかけて、かつお節をまぶす。マヨネーズはお好みで。お皿の端に添えておく。

テーブルの上は散らかっているが、たこ焼きは温かいうちに食べるのが大正義である。手と手を合わせて、いただきます。

絶対熱いとわかっていても、たこ焼きを一口で食べてしまった。

「あ、熱っ！」

口の中ではふはふと冷ましつつ、食べる。

「んん！」

外はとんでもなくカリカリに焼けていた。中はふっくら。ほんのりと生地からダシを感じる。中に入れたたこと天かす、青ネギに紅ショウガがそれぞれ喧嘩していなかった。なんというか、たこ焼きというひとつのグループの中で、手と手を取り合っているようなおいしさである。

「長谷川係長、いかがですか？」

「おいしい」

「よかったです」

私達はかなりお腹が空いていたようで、このあと三回もたこ焼きを作った。たこがなくなったあとは、長谷川係長の冷蔵庫にあったソーセージやチーズ、明太子《めんたいこ》などを入れて焼いた。これがまた、どれも天才的においしかった。

最後は長谷川係長が、美しい球体のたこ焼きを完成させる。たこ焼き店で十年修業した熟練の職人かと思った。

お腹いっぱいになったあとはしばし休憩をして、テーブルの上を片付ける。

オシャレな部屋が生活感に溢れてしまったので、もとの景観を戻そうと私は必死だった。

テーブルの上が美しい状態に戻ったあとは、映画鑑賞である。ホラーかアクションか、青春ものか、迷ったが、長谷川係長のオススメでホラーにした。

ソファを勧められたので、座らせていただく。その隣に、長谷川係長が腰掛けた。

尋常ではないくらい、胸がドキドキする。少し身じろいだら、肩と肩が触れてしまうくらい距離が近いからだろうか。

なんてことを気にするのは、映画が始まる前までだった。始まった途端、私の羞恥心はどこかへいってしまった。

長谷川係長チョイスは日本の古き良きホラーで、見ていると涙目になる。悲鳴をあげそうになる口元を、押さえるので忙しかった。

「永野さん、怪異を見慣れているのに、こういうの、怖いんだね」

「怪異とお化けはまた違いますよ」

「一緒のようなものに見えるけれど」

この映画に出てくるお化けに比べたら、怪異はまだ可愛いほうだろう。

二本目は、しっとりとした恋愛ものを選んだ。初めは真面目に見ていたのだが──

気づいたときには爆睡していた。

エンディングのリズミカルな音楽が流れ始めた瞬間、ハッと目覚める。

「よく、寝ていたね」

「うわっ!!」

あろうことか、長谷川係長の肩に寄り添うようにして眠っていたようだ。

「す、すみません、寝ていました！　まさか、肩をお借りしていたなんて。重かったですよね？」

「大丈夫だよ」

ここで、重たくなかったと言わないところが長谷川係長らしい。深々と頭を下げて、謝罪した。

「巻き戻して観ることもできるけれど、どうする？」

「いや、いいです」

また眠ってしまったら申し訳ないので、話題を別の方向へ逸らす。

「ちょっと、小腹が空きましたね。ホットケーキを作りましょうか？」

「いいね」

ホットプレートは後片付けが大変なので、台所を借りて作る。

「長谷川係長、ホットケーキミックスにマヨネーズを入れたら、ふんわり仕上がるというのをご存じでした？」

「いや、知らなかった。それ、本当？」

「本当なんです。今から、作ってみましょう」

ホットケーキミックスに卵、牛乳、マヨネーズを入れてかき混ぜる。ちなみに、生地は丁寧にかき混ぜなくてもよい。混ぜすぎると、生地の中にグルテンができて生地が硬く仕上がってしまうのだ。粉っぽさが残っていても、ぜんぜん問題ない。

「長谷川係長はフライパンに油を引いて、熱しておいてください」

「わかった」

混ざった生地をフライパンへと流し込む。

「これ、マヨネーズの味がするの？」

「しないですよ。けっこう、生地に馴染《なじ》んでいるので、言われなければわからないかと」

　生地の表面にふつふつと気泡が生まれてきたら、ひっくり返す。

「おお、きれいなキツネ色！」

　焼きを入れて、ひっくり返すを数回繰り返す。すると、普段作るホットケーキより、フワンフワンのホットケーキに仕上がった。

　お行儀が悪いけれど、ホットケーキは焼きたてがおいしい。ナイフでカットして、味見してみる。

「長谷川係長、ちょっと食べてみてください」

　ホットケーキを口に含んだ長谷川係長は、ハッと目を見開く。

「うわ、本当にふわふわだ。マヨネーズの味もしないし、驚いたな」

「ですね」

「でもこれって、どうして膨らむんだろう？」

「ホットケーキミックスに入っているベーキングパウダーと、マヨネーズの酢が合わさることによって炭酸ガスが発生するみたいで。それが、生地をふわふわにしてくれるそうです」

「ああ、なるほど。炭酸水素ナトリウムと酸性の成分を含む食材の化学反応か。だったら、マヨネーズでなくても、ヨーグルトやレモンでも膨らむわけだね」

「あー、言われてみたらたしかに！　ヨーグルト入りのホットケーキはおいしそうですね。今度試してみます」

もう一枚焼いて、お皿に盛り付ける。長谷川係長の家にあったバターを載せ、蜂蜜をとろーりとかけた。

「はい、永野さん」

長谷川係長は笑顔で、二回目に作ったあつあつのホットケーキをくれる。

「あの、私、一枚目のホットケーキでいいですよ」

「焼きたては、永野さんが食べなよ」

「あ、だったら、半分こしましょう」

「その手があったか」

そんなわけで、一回目のホットケーキと二回目のホットケーキを半分こにしたものを食べることとなった。

焼きたてのほうにナイフを入れて、ぱくりと食べた。

表面はサクサク。中はふっくら。おいしく仕上がっていた。続けて、一回目のホットケーキも食べる。

「あ、こっちは生地がしっとりしていて、おいしい！」

「だね。どっちもおいしいよ」

「ですね！」

ホットケーキを食べたあとは、ミステリーものの映画を視聴。これは眠らずに、最後まで楽しめた。

締めは、私が持ってきたレモンメレンゲタルトを食べることにした。

「なんか、あっという間でしたね」

「朝までいてもいいんだよ。明日も休みだし」

「ジョージ・ハンクス七世とミスター・トムが待っているので、帰ります」

「それは残念」

本気なのか冗談なのか、よくわからない。メガネをかけていると、余計に本心が見えにくくなっているような気がする。

レモンメレンゲタルトはフォークでお上品に食べるのは難しいので、そのまま手で持ってかぶりつく。

メレンゲはサクサクで、口の中でしゅわっと溶ける。レモンカードは酸味があって、バターの風味豊かなタルトクッキーと合うのだ。

「これ、おいしいね」

「よかったです」

我ながら、三十分で作ったとは思えないおいしさだった。

使ったお皿やグラスを、長谷川係長と一緒に洗ったり、片付けたりする。

台所で並んで何かするというのは、また違う意味でドキドキしてしまう。

「なんか、こうしていると、新婚みたいだね」

「そ、そうですか？」

付き合ってもいないのに、新婚とか。

けれど、今日一日長谷川係長と過ごしている中で、結婚について考えてしまう瞬間はあった。

この、お家デートが悪いのだ。生活拠点の中で時間を過ごすというのは、相手の素の部分がよく見える。

長谷川係長がこうやって、お皿洗いをしたり、料理を手伝ってくれたりする姿はまったく想像していなかった。

紙コップや紙皿を用意すればよかったと最初は思っていたが、こうしてふたりで後片づけをするのは悪くない。むしろ、なんだか心地よい時間だった。

と、ほんわかしている場合ではない。ゆっくりしていたら、迷惑になるだろう。

部屋を元通りの姿に戻し、ゴミが落ちていないか確認。

「問題なし、と。では、そろそろお暇《いとま》します」

「もう帰るの？　あと少しだけ、ゆっくりしていきなよ」

「でも、迷惑では？」

「ぜんぜん」

長谷川係長がアイスティーを淹れてくれるという。なんと驚いたことに、茶葉から淹れているらしい。

ソファで待っているように言われたが、なんとも落ち着かない。そわそわすること十分。出てきたのは、彩り鮮やかなアイスフルーツティーだった。

ガラスのジャグに、オレンジ、キウイ、ベリー、パイナップルなど、数種類のフルーツが沈んでいた。

「きれいですね」

グラスに注がれたフルーツティーを、いただく。

「おいしい！」

さっぱりとした甘さで、どんどん飲んでしまう。渋みはいっさいない、おいしい紅茶だ。

「なんでこんなにおいしく淹れられるのですか!?」

お店で出されていても、なんら不思議ではないクオリティであった。

「やまねこのマスターのアイスティーには勝てないから、フルーツを入れて小細工をしただけ」

「またまた、ご謙遜を。あれ、でも、コーヒー派でしたよね？　最近紅茶派になったのですか？」

「いや、今でもコーヒー派だけれど。アイスティーは永野さんのために、研究したんだよ」

「え、そうだったのですか!?」

「何回も試作品を作っても自分で味を確認するしかないから、自信がなかったんだけれど。おいしいって言ってくれて、よかった」

そこまで好きでもない紅茶を、私のために試行錯誤を重ねてくれたなんて。思わず胸がきゅんと高鳴る。やはり、長谷川係長のことが好きだと、改めて思った。

「永野さん──」

じっと、熱い視線を感じた。

そんな目で見つめられると、長谷川係長も私と同じ気持ちなのではと勘違いしてしまいそうだ。

……いや、勘違いではない。

ガードの堅い長谷川係長が家に招いてくれた時点で、私は特別な存在なのだろう。それに気づかないほど、鈍くはない。

まっすぐ見つめ返すと、腕を引かれて抱きしめられる。一瞬何が起きたかわからなくなったが、長谷川係長の温《ぬく》もりはたしかに感じていた。

そして、確認するかのように私を見る。頷くと、ホッと安堵したような表情を浮かべていた。

目を閉じ、触れ合うのを待とうとした、その時──目の前に鮮烈なイメージが浮かび上がった。

それは、平安時代の景色。

胸を斬り裂かれ、涙を流すはせの姫。これまで顔はもやがかかったようになって見えなかったが、今、明らかとなる。

「――ッ!?」

はせの姫は、私にそっくりな顔だった。

そして、顔を血で濡《ぬ》らすのは、月光の君。彼の顔立ちもまた判明する。長谷川係長に、そっくりだった。

まさかそんな。

気づいたときには長谷川係長の胸を強く押し、距離を取っていた。

長谷川係長はどこか傷ついた表情で、私を見ている。

「ご、ごめんなさい!!」

謝罪の言葉を口にし、私は長谷川係長の家を飛び出す。

部屋に戻り、そのままシャワーを浴びるために、脱衣所に向かった。

全身が血にまみれているようで、気持ち悪かった。一刻も早く洗い流さないといけない。そんな気持ちで、シャワーを浴びる。

私ははせの姫の生まれ変わりで、長谷川係長は月光の君の生まれ変わりなのか。

だとしたら、ずっと夢で見た理由も、感情移入してしまったことも納得できる。

かつての長谷川家は、鬼殺しの一族だと話していた。月光の君は、大事な人を殺され、復讐のためにはせの姫に近づいたというのか。

今世でも、長谷川係長の恨みは消えず、私を殺すために近づいたとか？

そんなことを考え、いやいや、そんなわけがないと首を振る。

はせの姫の血で顔を濡らした月光の君の顔が、脳裏に焼き付いて離れない。ガタガタと、震えてしまう。

ひとつわかっているのは、月光の君がはせの姫を愛しているわけではなかったということ。その事実が、私の胸を深くえぐる。

時を経て、長谷川係長へと生まれ変わった月光の君は、何を思っているのか。

それは、いくら考えてもわかることではない。本人に聞くしかないのだろう。

その前に、桃谷君の話を聞きたい。もしも彼が桃太郎の生まれ変わりならば、当時の事情について詳しく知っているはずだ。

ひとまず、情報を整理する必要があるだろう。

まずは、桃谷君に話を聞かなければ。

# 第四章

# 陰陽師は本物の鬼と邂《かい》逅《こう》する

(※ただし、彼は鬼上司)

お家デートから数日が経った。あの日、長谷川係長からは一言、ごめん、というメールが届いていた。私も、こちらこそごめんなさい、と返した。

それから、まともに話をしていない。目が合っても、逸らしてしまう。なんとも気まずい雰囲気だった。

相変わらず怪異はいないので、長谷川係長と町を巡回する必要もない。

このまま、私達の関係は自然消滅してしまうのではと思ってしまった。

バタバタとしているうちに、週末になる。桃谷君を家に招く日だ。

年若い男子がどれくらいご飯を食べるかわからなかったので、念のために五合炊いた。ほかほかと炊き上がるご飯を見下ろしながら、多すぎたかと思う。まあ、余ったら冷凍保存しておけばいい。

ひとまず、仕込んでおいたチキン南蛮を揚げる。そうこうしているうちに、桃谷君がマンション前にたどり着いたようだ。エントランスの自動ドアを開放し、エレベーターがあるフロアに行けるようにした。

エントランスを映すディスプレイを前にふうとため息をついていると、ジョージ・ハンクス七世とミスター・トムが物申す。

『おい、遥香。男を家に招くなんて、織莉子が知ったら怒るぞ』

「織莉子ちゃんは今トルコだって。大丈夫だよ」

『マドモアゼル、織莉子は勘が鋭いから、気を付けておくんだよ』

「それは、そうだね」

桃谷君が帰ったあとは、業者に掃除をしてもらうか。それくらい徹底しないと、気づきそうで恐ろしい。

対策をいろいろ練っていたら、玄関のチャイムが鳴る。扉を開くと、満面の笑みを浮かべる桃谷君がいた。

「いらっしゃい」

「遥香先輩、おじゃまします！」

「ちょっ、桃谷君、声が大きい！」

「あ、すみません」

長谷川係長はまだ帰宅していないが、そのうち帰ってくるだろう。一応、近所迷惑になるからと、小さな声で喋ってもらうことにした。

叔母にバレるのも恐ろしいが、それ以上に長谷川係長にバレるのも恐怖だ。この前観たホラー映画より、ガクブルと震えるような状況になるだろう。

「遥香先輩、これ、お土産です」

「わー、ありがとう」

スーパーの袋には、お茶やジュース、スナック菓子が入っていた。紙箱に入っているのは、米粉のシフォンケーキ。なんでも、会社の女性陣オススメのスイーツらしい。

「甘い物が好きって言ったら、いろいろ教えてくれたんです」

「へえ、米粉で作ったシフォンケーキのお店があるんだ」

浅草の町には、私が知らないすてきなお店がまだまだあるようだ。米粉のシフォンケーキは、デザートとしていただこう。

「洗面所で手を洗ってから、そこで待っていてね」

「了解です」

ひとまずテレビでも観て、ゆっくりしてもらう。

「あ、遥香先輩、ハムちゃん飼っているんですか！」

「ええ、まあ」

「可愛いですねー」

ジョージ・ハンクス七世はケージから、桃谷君を鋭く睨んでいるように見えた。ミスター・トムは回し車で寛ぎ、ひまわりの種を囓《かじ》っている。対照的な式神ハムスターであった。桃谷君がジョージ・ハンクス七世とミスター・トムをにこにこしながら見つめている間に、夕食を仕上げる。

冷凍していた野菜を鍋に入れて、ぐつぐつ煮込む。フライパンでは、豚バラ肉をカリカリになるまで炒めた。野菜がしんなりしてきたら、粉末だしを入れ味噌《みそ》を溶く。これに、炒めた豚肉を載せたら、焼き豚汁の完成だ。

もうひと品。ほうれん草を茹でて、おひたしにした。社会人に不足しがちな野菜を取ってもらう目的がある。最後に、チキン南蛮の盛り付けをする。千切りキャベツは出来合いのものを使った。それに、甘酢にくぐらせたチキン南蛮を並べ、タルタルソースも市販のものをかける。

お盆にご飯、チキン南蛮、焼き豚汁、ほうれん草のおひたしを載せて運んだ。

「桃谷君、できたよ」

「わ、すごい。これ、帰ってきてから作ったんですよね？」

「そうだけれど、慣れているからできるだけで」

「いやいや、謙遜しないでください。すばらしい腕前ですよ」

「ありがとう。えっと、食べようか」

「はい！」

桃谷君は大げさなくらい、おいしい、おいしいと言って食べてくれた。ご飯もたくさん炊いたので「たくさん食べてね」と強く勧めたところ、三杯おかわりしてくれた。実に気持ちがいい食べっぷりだなと思ってしまう。

ここ最近、私も食欲がなかったのだが、久しぶりにお腹いっぱい食べた気がする。桃谷君には感謝しなくては。

食後、お皿洗いをしたいと訴えるが、うちには食器洗浄機がある。気にするなと言っても、何かしたいようだ。結局、食器洗浄機に食器を並べる作業を手伝ってもらった。一度水道の水でお皿を濯《すす》ぎ、中へ入れる。

「遥香先輩、すみません。我が儘言って押しかけてしまって」

「気にしないで。私も、気分転換になったから。このところ、食欲がなくて……」

「あ、やっぱり、長谷川係長と何かあったんですか？」

手にしていたお皿を、落としそうになってしまった。叔母が大事にしている有田焼《ありたやき》だったので、ヒヤッとしてしまう。

「わ、私、そんなにわかりやすかった？」

「いや、適当に言っただけだったのですが、当たりましたか？」

「あ！」

私はいつもこうだ。すぐに、引っかかってしまう。

「長谷川係長と付き合っているのですか？」

「いやいや、ないから」

「どうしてですか？」

「つり合わないでしょう。私と長谷川係長なんて」

「それって、陰陽師と鬼だからですか？」

「そうじゃなくて——え!?」

今、桃谷君の口から、陰陽師と鬼と言われたと思ったが、気のせいだろうか？

「ごめん。今、なんて言ったの？」

「いやだな、聞こえないふりなんかして。陰陽師なんだから、しっかりしてくださいよ」

表情はいつもの桃谷君である。しかし、口ぶりは違っていた。そして、私が陰陽師であるとはっきり言った。動揺しないようにしなければ。顔を逸らした瞬間に、平安時代の桃太郎の顔が、突然浮かんだ。桃谷君の姿と、ぴったり重なる。

「もしかして、前世を、覚えていないのですか？」

「これは――!?」

ドクンと、胸が大きく脈打つ。

今、はっきりと前世と言った。もう、私の勘違いでもなんでもないだろう。

「桃谷君、あなた、やっぱり、桃太郎の生まれ変わりなの？」

「そうです。お久しぶりですね、はせの姫」

「――ッ！」

視界が、ぐらりと歪んだ。倒れそうになった瞬間、桃谷君が体を支えてくれる。

「おっと、危ない」

「あ、ごめんなさい」

「ちょっと、座ったほうがいいですね」

桃谷君の言葉に、コクリと頷く。腰を支えてもらいながら、よたよたとリビングのほうへ歩いて行った。

「大丈夫ですか？」

まだ、受け止めきれずに頭の中がぐちゃぐちゃだった。冷静にならなければならないだろう。ソファに腰掛け、情報を整理する。

「ごめんなさい。もう一度聞くけれど、桃谷君の前世が桃太郎で、私がはせの姫。そして長谷川係長が――」

「鬼の一族の長で、最強の大鬼と呼ばれていた存在ですね」

「前世の私は、その、大鬼に、殺されたの？」

「たしかに、はせの姫は大鬼のせいで、命を落とした」

やはり、はせの姫は月光の君に殺されてしまったのだ。

ぎゅっと、胸が苦しくなる。

「なぜ、殺されてしまったの？　長谷川家が、鬼殺しの一族だったから？　復讐するために、はせの姫に近づいたの？」

「まあ、そうですね。長谷川の者は、大鬼の弟に大怪我を負わせてしまったから、標的にされたんだと思います。それ以外にも、多くの鬼達を退治していたから、恨みに思っていたんだと」

「そう……」

言葉にできない感情が、じわじわこみ上げてくる。胸がぎゅっと、締めつけられるようだった。

「前世の俺は、大鬼を仕留めたら、はせの姫と結婚するつもりだったんです。でも、それは叶《かな》わなかった。だから、生まれ変わって一緒になろうと思っていたのに、現代にも大鬼がいた。びっくりどころの話じゃないですよね。しかも、遥香先輩に近づかないよう、視線で牽制《けんせい》してくるんですもん」

「なぜ、長谷川係長は、私に近づいたのか――」

「もちろん、前世からの因縁に決まっているじゃないですか。鬼は、執念深いんですよ」

かつての桃太郎も、鬼を退治してきた。そのため、京都旅行に行ったさいに現代に生き残った小鬼に襲われることがあったらしい。

「だから、鬼退治の刀が手放せないんです。常日頃から傘を持ち歩いているなんて、奇異の目で見られることが多いのですが、最近は日傘男子みたいな言葉も広まっているので、いい時代になったなと」

桃谷君の苦労は、計り知れないだろう。鬼を警戒しなければならない人生なんて、あまりにも気の毒だ。

「俺、前世ではせの姫の姿絵に一目惚れしていて、結婚できるかもしれないってなったとき、ものすごく嬉しかったんです。でも、結婚できなかった。今世で、前世の約束を叶えてもらえることは、できないでしょうか？」

つまり、結婚してくれ、という意味なのか。

約束と聞いて、胸がソワソワと落ち着かないような気持ちになる。

きっと私は前世で、誰かと何か約束していたのだろう。

「ダメですか？」

「いや、でも私は、はせの姫では、ないし」

はせの姫については、自分のことのように思うというよりは、感情移入した物語の登場人物のひとり、という認識だ。はせの姫イコール私ではない。

「俺だってそうです。桃太郎ではありません。けれど、遥香先輩に出会って、接するうちに好きになりました」

「そ、そっか。その、ありがとう。気持ちは、嬉しいけれど――」

「結婚してくれるならば、一生遥香先輩を守ります。長谷川係長に、命を狙われるような事態には、絶対にしません」

どくんと、胸が跳ねる。やはり、長谷川係長は私に復讐するために、近づいてきたのか。笑顔の裏に、燃えたぎるような復讐心があるとしたら、それ以上に恐ろしいものはないだろう。

「私、私は――」

「答えは、すぐに決めなくてもいいです。ゆっくり考えてください」

前世関係なしに、結婚したいと言われたが……。

私の心の中には、長谷川係長がいる。けれど、どうしても脳裏に平安時代で殺された瞬間が何度も甦ってくるのだ。今は、正直恐ろしい。だから、考えないようにしていた。

「他に、気になることがありますか？」

「気になること——あ、そういえば、この町の怪異を退治していたのは、桃谷君？」

「そうですよ。遥香先輩がひとりで退治して回っているだろうと思って、先回りしてやっつけておいたんです」

「そう、だったの」

私はずっと、甘味祓いを通して怪異と共生しているつもりだった。けれど、桃谷君が怪異を退治してしまった。

怪異との共生を押しつけるつもりはないが、いささか複雑な気分になる。

「でも、驚きました。長谷川係長と一緒に、怪異退治をしているなんて」

「な、なんで、知っているの？」

「何度か、ふたりでうろついているところを、目撃したので」

まさか、頻繁に見られていたとは。まったく、気配を感じていなかった。

陰陽師失格だろう。

桃谷君をちらりと見たら、明るいいつもの彼に戻っていた。

「遥香先輩、そろそろ、帰りますね。手料理、おいしかったです。今度は、俺が料理を作って食べさせてあげます」

「あ、うん。ありがとう」

少しだけ、笑えた。すると、桃谷君はホッとしたような表情を見せる。

「では、また月曜日に」

エレベーターまで見送ろう。そう思って玄関から一歩外に踏み出した瞬間、誰かが近くにいることに気づいた。

「あれ、永野さんと、桃谷君？」

長谷川係長が、私と桃谷君を不思議そうな目で見つめていた。

「あれ、長谷川係長、どうしたんですか？　もしかして、永野先輩のお家に、遊びに来たんですか？」

桃谷君の言葉を聞いて、ハッとなる。そういえば、長谷川係長がここのマンションに住んでいることを、彼は知らないのだ。

長谷川係長はどう返すのか。恐る恐る反応を待つ。

「実は、永野さんの部屋の隣に住んでいるんだよ」

「え、そうなんですか？　偶然、ですよね？」

「そうだけど」

「びっくりですね。上司が、お隣さんだなんて。ねえ、永野先輩？」

「ええ、まあ、本当に」

長谷川係長は「なんで桃谷がここにいるんだ」という鋭い視線を私に向けている。

先日の、気まずい空気は解消されていないので、余計にいたたまれない気持ちになる。

あとで事情聴取かと思っていたが、この場で質問をぶつけてきた。

「桃谷君は、永野さんの家で何を？」

「手料理を、食べさせてくれたんです。ものすごくおいしかったですよ。永野先輩、料理上手なんです」

「へえ、そうなんだ」

「長谷川係長は、食べたことないんですか？」

「どうだったかな？」

「あ、でも、会社の上司を家に上げるわけないですよねー！」

「会社の後輩もね」

　長谷川係長はにこにこしているものの、とんでもない圧を感じる微笑みであった。

それに対し、桃谷君は知らん顔をしていた。いいから早く逃げてと叫びたかったが、
恐れからか声がでなかった。

「そもそも、桃谷君はどうして、家に招かれることになったのかな？」

「必死になってお願いしたんです」

「へえ、そうなんだ。永野さん、俺も、必死になってお願いしたら、招いてくれるの
かな？」

「ま、またまた、ご冗談を……」

　みんな、家に帰って欲しい。一刻も早く。心の中で願ったが、桃谷君は空気を読ま
ずに会話を続けていた。

「いいなー、お隣さんが永野先輩で」

「逆側の部屋、空室だってコンシェルジュが言っていたよ」

「え、そうなんですか!?」

　この前見学にきた方々は、入居には至らなかったようだ。

「ちなみにここ、家賃いくらなんですか？」

「分譲だよ」

値段を耳打ちされたのか、桃谷君は途端にしょんぼりする。

「なんで、そんなにお金を持っているのですか？」

「俺はローンだから」

会話が途切れたタイミングで、桃谷君の背中を押す。

「桃谷君、また、月曜日にね！」

「はい」

トボトボ帰ったが、途中で振り返る。そして、とんでもないことを口にした。

「永野先輩、また、来てもいいですか？」

その言葉にどう答えようか迷っていたら、長谷川係長が代わりに答えた。

「桃谷君、お付き合いしていない女性の部屋は、頻繁に行くものではないんだよ」

長谷川係長の言葉に、桃谷君は少しだけムッとした表情を見せる。何か言いたいことがあるものの、相手は上司。言い返せないのだろう。社会人の悲しい性《さが》だ。

桃谷君はその場でペコリと会釈し、帰っていった。その場に残された私は――長谷川係長の冷ややかな視線をその身に受けていた。

「永野さん、どうして、彼を家に招いたのかな？」

「そ、それは、深い事情があるのですが、極めて私的なことでして」

しどろもどろに答える。これだけでは納得してくれないだろう。そう思っていたのに、長谷川係長は「わかった」と言って踵を返す。何も言わずに、自分の部屋へと戻っていった。

なんなんだ、あの、薄い反応は。逆に恐ろしくなる。

部屋に戻ると、ジョージ・ハンクス七世とミスター・トムが心配してくれた。

『おい、遥香、大丈夫か？』

『マドモアゼル、顔色が悪いよ』

「ちょっと、疲れてしまったのかも。お風呂に入って、早めに休むから」

『それがいい』

『自分を大事にね』

「ありがとう」

夜の十時過ぎには布団に潜り込んだのだが、気になることがてんこ盛りでなかなか眠れない。

眠る努力をしよう。なんて考えていたら、スマホがメールの受信音を鳴らした。長谷川係長からかと思ったが、差出人は義彦叔父さんだった。

「何かあったのかな?」

メールを開くと、そこには驚くべき内容が書かれていた。

「――当主の担当地域で殺人事件が起きたみたいなんだ。遥香ちゃんも、気を付けてね」

「え!?」

慌てて飛び起き、リビングへと駆けて行く。

『おう、遥香、どうしたんだ?』

『マドモアゼル、眠れないのかい?』

「お祖父《じい》ちゃんの担当する地域で、殺人事件が起きたみたいなの」

『なんだと!?』

『そ、それは……』

祖父の担当地域では、先代から数えて百年近く事件が起きていないことを自慢としていた。強い結界が張られており、怪異が入り込めないようになっているのだ。けれど、事件は起きてしまった。どういうことなのか。

テレビを点けると、殺人事件について速報で流れていた。

「ど、どうして、こんなことに……!?」

報道が一通り終わったあと、父から電話がかかってきた。犯人は捕まっていない。土日はなるべく外出しないようにと、注意される。

そのあとは、ますます眠れなくなった。

カーテンの隙間から、灼熱《しゃくねつ》とも言える太陽光が差し込んできた。朝だ。

昨晩はいろいろ考えすぎて、あまり眠れなかった。幸いにも、今日は土曜日である。二度寝しよう。

その前に、ニュースサイトで浅草の殺人事件について調べようとしたが、またしても義彦叔父さんからメールが届いていた。

そこには、今朝の浅草の町で起きた殺人事件について書かれている。まさか、昨日に引き続き今日も事件が起きるなんて。現場は浅草の中心部ではなく、長年事件が起きていないような平和な地区で発生したらしい。今日は永野家の集まりがあるのだという。最後に、「こういうときに織莉子がいたらよかったのだけれど……」と書かれていた。本当に、その通りである。叔母は来月中旬にならないと帰ってこない。

これは、怪異の仕業なのか。それとも怪異は関係なく、人が起こした事件なのか。どちらにせよ、警戒が必要だろう。二件とも被害者は女性だったので、私も標的にされる可能性がおおいにある。必要以上に気を付けないといけない。

甘味祓いだなんだと言っている場合ではないだろう。殺意を向ける相手とは、真っ正面から戦わなければ。

ついに、義彦叔父さんから預かったマジカル・シューティングスターを使うときがきたのだろう。

◇◇◇

土曜日、日曜日と引きこもって過ごす。買い物はネットスーパー頼みだった。

月曜日になったが、未《いま》だ犯人は見つかっていない。それどころか、三人目の被害者がでた。

浅草を守る永野家のプライドは、ズタズタに裂かれているような状況だ。

総力を挙げて調査しているらしいが、犯人逮捕に至っていない。こうなったら、叔母を呼び寄せるということも視野に入れているらしい。売れっ子芸能人である叔母を、帰国させるよう事務所を説得できる人がいるのかは謎だ。

出勤時間となったので、家を出る。長谷川係長は――まだ出勤していないだろう。

この土日の間、連絡はなかった。あの気まずい状態から、脱したい。けれど、どこか長谷川係長を恐れている私がいる。まだ、私達には時間が必要なのかもしれない。

首を横に振り、エレベーターのほうへと向かった。

マンションの裏口は、連続殺人事件の影響で閉鎖されていた。表口から出入りするしかないようだ。

マンションから出ると、すぐに声をかけられる。

「あ、永野先輩、おはようございます」

「おはようって、桃谷君!?」

日傘を片手に、桃谷君が佇んでいた。ひらひらと、手を振っている。

その背後で、散歩中の犬がぐいぐい近づいていたが、飼い主が抱き上げて走り去る。

相変わらず、犬や鳥、猿に愛されているようだ。

「どうしたの？」

「あ、いや、通り魔殺人事件が起きているから、一緒に行こうと思いまして」

ナイト役を買ってでてくれるのだという。正直、怖くて堪《たま》らなかったのでありがたい。

「あ、でも、こういうの、迷惑ですよね。ごめんなさい」

「そんなことないよ。実は、怖かったんだ」

「だったら、よかったです」

しょんぼりしていたのに、パーッと顔が明るくなる。

「じゃあ、行きましょうか」

「うん」

人通りは多く、この時間帯に事件が起こるとは思えない。けれど、いつ、どこで事件が発生するか予想もできないのだ。用心するに越したことはない。

会社では、連続殺人事件の話題で持ちきりだった。犯人が捕まっていないので、余計に皆の不安を煽《あお》っているのだろう。

「俺は男だからいいけれど、永野と杉山は心配だな」

そんな山田先輩の呟きに、桃谷君が物申す。

「山田先輩、男も用心していないと、危ないですよ。被害者が三人とも女性というのは、偶然かもしれないですし」

「そ、そうだな。しかし、恐ろしいなー。こういう事件って、浅草では起きないイメージだったんだけれど」

そう。永野家は長い間、浅草の町を守ってきた。

ずっとずっと、人が起こす事件は怪異が干渉したせいだといわれてきたのだ。

しかし、事件は怪異のせいではなく、人が単独で起こしていたものだとしたら、陰陽師達はどう思うだろうか？

現代まで残った陰陽師は、自尊心が高い。きっと、事件は怪異のせいではないと認めないだろう。

「あ、長谷川係長だ。おはようございます」

「おはよう」

出勤してきた長谷川係長は、いつも通り愛想のよい笑顔で挨拶を返す。が、私のほうはいっさい見ようとしない。怒っているのだろうか。胸が、じんと痛む。

けれど、仕方がないのだ。だって、私は陰陽師であり、前世では月光の君に殺されたはせの姫である。一方で、長谷川係長は鬼であり、前世では私を殺した月光の君なのだ。

わかりあえるはずがない。

これまで上手くやってこられたのが奇跡だったのだろう。もうこれ以上、関わらないのがいいのかもしれない。

最悪、異動届を出した上で、私が引っ越せばいいのだ。そうすれば、長谷川係長との接点は消えてなくなる。

わかっているのに、心の奥底にいる私が「そんなの嫌だ」と叫んでいた。

自分のことなのに、どうすればいいのか正しく判断できない。これが、恋なのか。

だとしたら、かなり厄介だ。


帰りも、桃谷君は家まで送ってくれた。頭の上にツバメが一羽乗っているが、突っ込んだら負けだと思っておく。

「永野先輩、家が高層だからといって、油断したらダメですからね。犯人は、どこから侵入するかわからないですから」

「うん、気を付けておくよ。ありがとう」

桃谷君はにこっと微笑んで、去って行った。その後ろ姿を見ながら、はあとため息をついてしまう。

送り迎えも、お断りすべきなのだろう。けれど、連続殺人事件への恐怖が先立ってなかなか言い出せなかった。

私は、自分勝手なのだろう。桃谷君と付き合っているという噂が出たときは、きっぱり送り迎えを拒絶した。それなのに、こういう状況になれば桃谷君の厚意に甘えてしまうのだ。自己嫌悪してしまう。

頭を抱え、「うわ――!!」と叫んでしまった。奇声をあげたので、ジョージ・ハンクス七世とミスター・トムが心配そうに声をかけてきた。

『おい、遥香、大丈夫か？』

『マドモアゼル、落ち着いて』

「うん、ごめん」

『いったい、何を悩んでいるんだ？』

『僕たちに、話してごらん』

式神ハムスターに人生相談とか……と思ったものの、今のところ、口が堅くて私の事情のすべてを知るのは彼らしかいない。少しだけ、思いの丈を呟く。

「もう、よくわからなくなってきたの。いろんな問題が重なり過ぎて、頭の中がパンクしているんだと思う」

前世の記憶が戻ってからというもの、長谷川係長との関係もぎくしゃくしている。それに加えて、前世で私と結婚するつもりだったという桃谷君の登場で、事態は混沌《こんとん》と化した。

その二点だけでも処理しきれないのに、浅草の町を襲う残忍な連続殺人事件が発生しているのだ。

『もう少し、詳しく話してくれないか？』

『誰にも言わないから』

「う、うん」

どうしようか迷ったが、ひとりで考えていても答えは見つからないだろう。情報を整理しつつ伝えてみた。

ジョージ・ハンクス七世はともかく、ミスター・トムは長谷川係長が鬼であるという情報は初耳であった。加えて前世に絡んだ話まで聞かされたものだから、驚きを隠せないようだ。

「ごめんね、こんな話をして」

『いや、いいんだ。僕に話すことによって、気持ちが楽になるのならば』

「ミスター・トム、ありがとう。あ、えっと、織莉子ちゃんには内緒にしていてほしいんだ」

『もちろん、そのつもりだよ』

「ごめんね」

『いいよ。織莉子に隠し事とか、初めてだからドキドキするけれどね』

ジョージ・ハンクス七世は腕を組み、何やら考える仕草を取っていた。

あまりにも重たい悩みを共有させてしまい、申し訳ない気分になる。

「あの、話しただけでも、スッキリしたから」

そう言ったが、ジョージ・ハンクス七世にキッと睨まれる。うやむやにしてはいけない、気持ちを整理して問題を解決すべきだと言われてしまった。

『そもそも、だ。遥香、その問題をまとめて考えるから、思考がとっちらかって答えが出てこないんだ』

『ひとつひとつ、考えてみようか。まずは、連続殺人事件について。これは、マドモアゼルが思い悩んでも、仕方がないことだよ』

『そうだな。答えは知るか！　でいい。桃谷の送り迎えについては、緊急事態だから全力で甘えろ。次！』

なんてシンプルな解決法なのか。思わず笑ってしまう。

『桃谷については、別に好きじゃないんだろうが』

「えっと、後輩としては好ましく思っているけれど」

『答えは出ているじゃないか』

「だったら、この先も後輩として、接したらいいってこと？」

『そうだ』

『それで問題ないよ』

私がずっと悩んでいたことが、サクサクと解決する。式神ハムスターの人生相談は、思っていた以上にためになる。

『最後に、長谷川係長についてだ』

名前を聞いただけで、胸が切なくなる。現状、どうすればいいのかわからない。

『まず、確認するが、お前と前世のお前は、同一人物なのか？』

「それは、違う。私は私。はせの姫は、はせの姫」

『もうひとつ、質問をする。長谷川と、前世の大鬼は、同一人物だと思うか？』

「それも、違う……と思う」

月光の君は口数が少なく滅多に微笑まない、どこか不器用そうでクールな人物だった。一方で、長谷川係長は常に暗黒微笑を浮かべ、腹芸を得意とする器用な人物である。同一人物とは、とても思えなかった。

『別人であるのならば、前世とやらにあったことを、気にする必要はないのでは？』

『そうだよ。前世で何か確執のようなものがあっても、今世に生きるお前達には関係ないことだ』

「あ――」

ジョージ・ハンクス七世とミスター・トムに指摘されて気づく。前世で月光の君に殺されたからといって、今世の長谷川係長が私を殺したいと思っているとは限らないのだと。

もしも復讐心があったら、とっくの昔に果たしているはずだ。なんたって、私は弱小陰陽師。鬼である長谷川係長なら、片手で捻ることができる相手だろう。

「そうだ。別に、前世のことなんか、気にする必要なんてないんだ」

初めこそ、長谷川係長は私に対して冷たかった。けれど、日が経つにつれて互いに理解しあい、手に手を取って怪異の甘味祓いを目標に協力しあった。そんな中で、私は長谷川係長が好きになった。

前世の記憶がなくとも、私は長谷川係長に惹《ひ》かれたのだ。

「私、ばかだった。長谷川係長に対して、恐怖心を抱くなんて」

『無理もねえ。相手は鬼だ』

『そうだねえ』

ひとまず、長谷川係長にきちんと謝らなければ。

『そういや、長谷川には前世の記憶があるのか？』

「あ、それについては、聞いたことがなかった」

『もしもなかったら、マドモアゼルの突然の拒絶に、ショックを受けるだろうね』

「わ、私、大変なことを――！」

今すぐにでも謝りたかったが、時刻は二十三時半。夜分遅くに連絡したら、迷惑するだろう。もう、眠っているかもしれないし。

「明日、朝一番に連絡して、長谷川係長に時間を作ってもらう」

『前世について、聞くのか？』

「ううん、聞かない。だって、前世は今世の私には関係ないから」

『それもそうだな』

『前向きで、いいね』

今日のところは、お風呂に入って眠るべし。明日に備えよう。

翌日も、桃谷君は迎えにきてくれた。

「わー、間に合ってよかった。さっき、ペットショップから逃げ出したコモンリスザルをお店に届けていたので、すれ違いになると思っていたんです」

「そ、そっか」

鳥や犬、猿と仲良くできて羨ましいと思いつつも、愛されすぎるのも問題だと思った。

桃谷君の動物問題についてはひとまずおいて、本題へと移る。

「あの、ごめんね」

「なんの謝罪ですか？」

通勤についてだと言うと、「あー」と言葉を返される。

「これまでは、お付き合いしていると勘違いされるから、一緒にいるのはよくないって言っていたのに」

「あー、そういうことですか。大丈夫です。今は緊急事態ですもん」

昨晩もまた、被害者が出た。すべて、浅草の町でのみ発生している。会社でも、なるべくひとり歩きしないよう、言われているのだ。

「俺なんか、いつでも利用してくださいよ。永野先輩を守るためならば、なんだってしますので」

「桃谷君……。なんだってされるのは困るけれど、気持ちはすごく嬉しい。ありがとうね」

「いえいえ」

今日は駅まで、杉山さんを迎えに行った。彼女も、不安がっているだろうと思いきや——。

「永野先輩、私、犯人が襲ってきたら、逃げ切る自信があります」

なんでも、杉山さんは元陸上部だったらしい。百メートルを十二秒で走れるようだ。それは全国大会並みの記録では？　と思ったものの、深く突っ込んだら話が長くなりそうだったので止めた。

会社に着くやいなや、長谷川係長宛てのメールを作成する。お話しする時間をいただけないかと、簡潔に書いた内容を送った。

出勤してきた長谷川係長は——相変わらず私を見ようとしなかった。

これはもう、私が悪い。根気強く、謝罪を許してくれる瞬間を待つしかないのだろう。

長谷川係長から返信がないまま、一日が終わった。

「永野先輩、帰りましょう！」

「あ、うん。そうだね」

トボトボと、夕暮れの町を歩く。今日はなんだか、疲れてしまった。夕食を作る元気はない。桃谷君の肩に白い鳩《はと》が乗っていたが、突っ込む元気すらなかった。

「そうだ。桃谷君、これから何か食べに行かない？」

「あ、いいですね！」

「お礼に奢るから」

「え、いいんですか？」

「いい、いい。何食べようか？」

「そうですね」

送り迎えのお礼も兼ねて、おいしいものを奢ってあげよう。

「お寿司がいい？　それとも焼き肉？」

「そうですねー。今日はなんか、そばとか、うどんとか、さっぱりした麺類を食べたいような気がします」

「そばに、うどんか」

家族ぐるみで通っているお店は外したほうがいいだろう。絶対おかみさんに「あら、今日は彼氏と一緒なのね！」なんて言われるだろうから。

「この前、山田先輩と行ったそばの店に行きません？　天ぷらが、サックサクだったんですよ」

「サックサク天ぷら……！　行きたい」

「だったら決まりですね」

桃谷君の誘導で、お店を目指す。路地に入り込み、下町の居酒屋の通りを抜けた。この辺は、古き良き浅草の町、といった感じである。

途中、街灯がない薄暗い道を進む。すると、前方にふらふらと千鳥足になりながら歩く男がいた。

フードから覗く目が、酷く胡乱《うろん》に見えた。全身に、鳥肌が立つ。

「うわ、ついてないな。遥香先輩、下がっていてください」

返事をする前に、桃谷君が動く。

男が、何かを振りかざしていた。あれは――ダガーナイフ!?

「え、嘘!?」

桃谷君めがけて、ダガーナイフが振り下ろされる。しかし、手にしていた傘でダガーナイフを受け止めていた。

「も、もしかして、連続殺人事件の犯人!?」

ジョージ・ハンクス七世が鞄からひょっこり顔を出し、相づちを打つ。

『だろうな!』

ミスター・トムが目を細めて呟いた。怪異が取り憑いているわけではないらしい。

「怪異が取り憑いていないっていうことは、つまり――」

自分の意思で、人を殺害して回っているということ。気づいた瞬間、ゾッとする。

「け、警察を、呼ばなきゃ!!」

震える指先で警察の電話番号をタップし、ダガーナイフを持った怪しい男に襲われているると伝える。すぐに、駆けつけてくれるらしい。

「ど、どうしよう、私も、手を貸したほうがいいのかな？」

『遥香はそこで大人しくしていろ』

『そうだよ、マドモアゼル。見てごらん、男の動きは、素人じゃないから』

「あ、うわ、本当だ」

男の身のこなしは、普通の人とは思えない。何かの格闘技を習得しているのだろう。

斬りつけられるナイフは、桃谷君の心臓や首筋ばかり狙っていた。確実に、命を狙っている。

剣道を習っていた桃谷君も応戦しているけれど、押されているように見えた。

桃谷君はついに、刀を抜く。伝説の、鬼殺しの刀である。

振り下ろした刀は、夜空で星が流れるように輝いていた。

桃谷君の動きが、だんだん素早く、鋭くなっていく。刀を抜いた瞬間、水を得た魚のように動きが変わった。

そして――男の手からダガーナイフを叩きおとし、足払いをして倒す。素早く手足を拘束し、全体重をかけてのしかかる。

「遥香先輩、ごめん、刀を、しまってくれる？」

「あ、はい！」

投げ捨てられた鞘《さや》部分の傘を拾い上げ、刀を納める。

サイレンを鳴らすパトカーの音が聞こえた。警官が駆けつけてくれたようだ。

桃谷君はホッとしたような表情で、「よかったー」と呟いた。

そこから私達は警察署に同行し、事情聴取を受けた。やはり、男は連続殺人事件の容疑者だったようだ。

事情聴取が続いていたので、桃谷君が「お腹が空いた！」と叫ぶ。刑事さんがカツ丼の出前を頼んでくれた。

まさか、警察署でカツ丼を食べる日がやってくるとは……。衣はサクサクで、お肉はジューシーなおいしいカツ丼でした。

それから二時間後に、やっと解放される。

「あー、なんか、きつかったですね」

「お疲れ様」

時刻は二十三時過ぎ。すっかり夜も深まっている。

「桃谷君、ありがとうね」

「何がですか？」

「戦ってくれて」

「ああ、なんてことないですよ。偶然鉢合わせしただけですし」

「それでも、ありがとう」

マンションまで送ってくれた桃谷君と別れる。大変な事件に巻き込まれても、明日は仕事だ。お風呂に入って、早めに眠らなければ。その前に、事件について父に報告しておいたほうがいいだろう。義彦叔父さんにも。

犯人に怪異は取り憑いていなかった。それは、永野家の名誉を回復させるものとなるだろう。逮捕されなければ、迷宮入りしていた。

ただ、これは大きな問題である。陰陽師と怪異の因縁を揺るがす確かな証拠だ。

ひとまず、あとから文句を言われそうなので、父に連絡した。連続殺人事件の容疑者が逮捕されたと報告したら、最初は信じてもらえなかった。

一応、鬼殺しの刀で戦った桃谷君については、元剣道部の後輩と説明しておく。

『──そうか。そうだったか。遥香が無事で、本当によかった』

「お父さん……」

当主への連絡を頼み、電話を切る。義彦叔父さんには、メールを送っておいた。すると、すぐに電話がかかってくる。

『遥香ちゃん！　犯人が、逮捕されたって!?』

「あ、まだ、容疑者だけれど」

『すごい！　すごいよ！』

「あの、私の手柄ではなくて、後輩の子が頑張ったんだけれど」

怪異が取り憑いていなかった。その報告は、永野家にとって朗報だったらしい。とにかく、義彦叔父さんは大喜びしていた。

『あ、遅い時間にごめんね。ゆっくり休んでね』

「義彦叔父さんも」

報告が終わったころには、日付が変わっていた。そして、ネットニュースのページを開いたら、浅草連続殺人事件の犯人が逮捕されたという速報が入っていた。

ホッと、胸をなで下ろす。浅草の町に、平和が戻ってきた。

◇◇◇

今日はマンション前に桃谷君はいなかった。久しぶりに、ひとりで出勤する。

会社では、連続殺人事件の犯人逮捕の話題で盛り上がっていた。誰かが「警察はさすがだね！」だなんて言っていたが、それに関して桃谷君が何か物申すことはなかった。その日は平和に過ぎていった。昨日まで連続殺人事件に怯《おび》えていたとは思えない、のほほんとした一日であった。

今日はノー残業デーなので、早めに仕事を終わらせる。十七時になると、皆風のように退社していった。杉山さんや山田先輩も、すでに帰っている。荷物を整理し、私ももやっと帰れるようになった。

夕日が照らす廊下を歩いていると、背後から声がかけられた。

「永野先輩、ちょっといいですか？」

「あ、桃谷君、どうかしたの？」

「少し、話を聞いてほしくて」

「喫茶店かどこかに行く？」

「いえ、ここで」

周囲には誰もいない。少しくらい立ち話をしてもいいだろう。

「どうかしたの？」

「俺、遥香先輩が、好きです」

「え!?」

軽く跳び上がるほど驚いてしまう。世間話か何かするものだと思っていたら、改めて告白してくるなんて。しかも、会社の廊下で。

「ちょ、ちょっと待って。なんで、ここで!?」

桃谷君は言葉を返さず、代わりに私をぎゅっと抱きしめてくる。そして、耳元で、私の問いについて答えた。

「長谷川係長に、見せつけようと思って」

「へ!?」

桃谷君の背中越しに、長谷川係長の姿が見えた。サーッと、血の気が引いてしまう。長谷川係長は世にも恐ろしい表情で、私達を見つめていた。

桃谷君から距離を取ろうとしたが、腕に力がこもっていて離れられない。これは抱擁というより、拘束だろう。

「浅草の町で連続殺人事件が起きて、遥香先輩は不安になっているのに、助けの手を差し伸べないなんて。酷い男ですよ」

「違う。そ、それは、私が」

「違いません。結局、あの人は自分のことしか考えていないんですよ。昔も、今も」

昔というのは、前世のことなのか。

「あ――ちょっと待って。なんか、変！」

桃谷君の胸を押し、拘束から逃れる。

「変？」

「ここ、誰かの結界の中！」

景色が変わり、周囲は真っ赤な空間となっていた。ここは、会社ではなかった。

「ああ、長谷川係長、ついにぶち切れてしまいましたか」

「え？」

「ほら、見てください。酷い姿だ」

桃谷君が指し示した長谷川係長は――長谷川係長でないようだった。

「あ、あれは⁉」

ぞくっと、肌が粟立《あわだ》った。長谷川係長が、いつもの姿ではなかったから。

「ど、どうして？」

その問いには、誰も答えてくれない。

長谷川係長の姿形は、人ならざるものだった。

額から二本の長い角を生やし、瞳を真っ赤に染め、唇からは鋭い牙を覗かせる。爪の一本一本は、ナイフのように尖《とが》っていた。

「鬼──!?」

「俺に対する嫉妬心で、邪気に支配されてしまったんですよ。ああなったら、もう退治するしかない」

桃谷君はそう言って、手にしていた傘から刀を引き抜く。鞘部分を投げ捨てて、長谷川係長に斬りかかった。

「桃谷君、止めて!!」

長谷川係長は振り下ろされた刀を、爪で受け止める。そして、腕の力だけで刀を払った。

桃谷君は、長谷川係長を殺すつもりで斬りかかっているのだろう。動きが、昨日とはまったく違っていた。目で追えないくらいの素早さで、刀を振り下ろしている。対する長谷川係長は、一撃一撃を回避し、鋭い爪で桃谷君を傷つけようとしていた。

「ふたりとも、止めて!!」

私の訴えなんか、まったく聞こえていない。どうしてこうなったのか。胸が苦しくなる。

桃谷君は頬を引っかかれて出血し、長谷川係長は腕を切られて血を流している。

「ヒッ――！」

悲鳴を飲み込む。

もう、見ていられない。そう思ったが、目を離してはいけないと、私の中にある別の意志が訴えているような気がした。

だんだん長谷川係長の動きが鈍くなっていく。

「あんまり、動かないほうがいいですよ。鬼にとって、この刀に斬りつけられてできた傷は、もれなく致命傷になるので」

一度斬りつけられた時点で、勝負は見えているようなものだったのだ。

「桃谷君、もう、止めて！」

「それは、聞けません。こいつを退治しておかないと、遥香先輩は俺を見てくれないから！」

桃谷君は刀を大きく振り上げ、長谷川係長の胸を大きく切り裂いた。

「あ――！」

長谷川係長の胸から、大量の血が噴き出てくる。そのまま倒れるかと思ったのに、さらに桃谷君への攻撃は激しくなった。

それは、捨て身の攻撃のように思える。それ以上戦ったら、本当に死んでしまう。

「長谷川係長、もう、止めてください！　お願いします！　どうか、お願い――！」

でも、私がいくら叫んでも、聞き入れてはくれなかった。

ついに長谷川係長は鬼殺しの刀を掴み、へし折った。そして、血で真っ赤になった拳で、桃谷君を殴り飛ばす。

当たり所が悪かったのだろう。桃谷君はそのまま倒れ、気を失った。

顔を血で真っ赤に塗らした長谷川係長が、一歩、一歩と近づいてくる。

鞄から、ジョージ・ハンクス七世とミスター・トムが飛び出してきた。

『おい、長谷川!!　正気を取り戻せ!!』

『マドモアゼルが、悲しんでいるのがわからないのかい!?』

ふたりは長谷川係長の腕に向かって飛びかかっていく。

『おりゃあああああ!!』

ジョージ・ハンクス七世の渾身《こんしん》の拳は、爪の先でピンと弾《はじ》かれてしまった。弾丸のように、飛んでいってしまう。

「ジョージ・ハンクス七世!!」

続いて、ミスター・トムが杖《つえ》を振るって炎の弾を飛ばした。

長谷川係長はひらりと回避し、ミスター・トムに急接近する。

ふっと一息。ミスター・トムの体は、吹き飛ばされてしまった。

『くうっ!!』

「ミスター・トム!!」

倒れたジョージ・ハンクス七世とミスター・トムを助けに行きたい。それなのに、恐怖に支配されているからかぜんぜん動けない。

真っ赤な空間の中、長谷川係長と対峙する。久しぶりに目と目が合った。虚《うつ》ろな瞳には、感情など映っていない。ただただ、攻撃対象として私を見下ろしているように見えた。

正直、怖い。けれど、長谷川係長をこうしてしまったのは、私だ。

前世の行いを今世に引きずり、これまでの信頼を忘れて、私は長谷川係長を恐ろしいと思ってしまった。

ゆっくり、ゆっくりと長谷川係長は近づく。私の前に膝を突き、そっと手を伸ばしてきた。

ひやりと、金属のような冷たいものが触れる。長谷川係長の爪の先が、首筋に触れたのだ。

目を、逸らしてはいけない。そして今こそ、素直になるべき瞬間だろう。

長谷川係長の鋭い爪が、私に突きつけられていたとしても。

刃物のような爪に、そっと触れる。

ガタガタと震えているのが、自分でもよくわかった。

けれど、怖がってはいけない。

顔を見上げると、頬に付いた血が涙に見えた。

長谷川係長はずっと、涙を流していたのかもしれない。私は、それに気づいていなかった。

自分のことばかり、考えていたのだ。

「ごめんなさい……」

長谷川係長は私から手を離し、よろよろと後退していた。

このままではいけない。そう思って、勇気を振り絞る。

「待ってください！　私は、長谷川係長に伝えたいことがあるんです！」

彼は邪悪な鬼ではない。親切なだけの、上司でもない。

時に厳しく、時に優しく。

私を想《おも》うあまり自分を大事にしない、ダメなところもある。

そんな彼を、ひとりの男性として尊敬し、好意を抱いている。

素直な気持ちを、今、ぶつける時なのだ。

「長谷川さん、私は――」

ふらつきながらも長谷川係長に接近し、頬に手を伸ばして触れる。すると、傷が癒えていった。

傷は、どんどん治っていく。この能力は、相手が癒やしを受け入れてくれないと発動しない。よかったと、心から思った。

「……どうして？」

絞り出すような、苦しみに満ちた声である。それに、私は答えた。

「あなたのことが、大好きだからですよ」

真っ赤だった空間が、光に包まれる。

頬だけではなく胸の傷も、塞がっていった。そして、長谷川係長の鬼化も解けていく。

「永野さん」

長谷川係長は私を抱きしめる。やっと、やっと、こうして触れ合うことができた。

ポロポロと流れる熱い雫《しずく》が、私の頬に降りかかる。

きっと、長谷川係長の涙だろう。

もう、大丈夫。そう呟きながら、私は長谷川係長をぎゅっと抱き返した。

◇◇◇

長谷川係長鬼化事件は、桃谷君という犠牲をもって終息した。

なんと彼は、頬を軽く引っかかれただけだったらしい。長谷川係長の鬼化が解けたら、傷も塞がったという。打撲はおろか、青痣《あおあざ》すらできていないというので、ホッと胸をなで下ろす。

「桃谷君、なんていうか、怖い思いをさせたね」

長谷川係長の鬼化は、本当に恐ろしかった。思い返すだけで、ゾッと鳥肌が立つ。

しかし、鬼の本気はあんなものではないらしい。

「いや、あれ、本当の鬼化じゃないんです。幻みたいなものですよ!」

「え、そうだったの?」

「長谷川係長の怒りが起こした心理現象というか、そんな感じの術だったんです。それなのに、あの強さは反則。あーもう、怖すぎる！」

あっけらかんと語る桃谷君のほうも怖い気がするが……。

まあ、気落ちしていないだけ、いいのか。いや、いいのか？

ちなみに、へし折られた鬼殺しの刀は、実家に送ったらしい。今は丸腰で落ち着かないと、ぶつくさぼやいていた。

「今は、刀を壊したことをネタに、長谷川係長をどうやって脅そうか考えているんですよ」

「桃谷君、止めなよ。絶対に返り討ちに遭うから」

ちなみに、刀の修繕代はきちんと請求したらしい。その上で、この発言である。

「あーあ、最悪。前世に続いて、現世でもあいつに邪魔されるなんて。でも、俺、まだ永野先輩のこと、諦めてないので！」

「いや、諦めようよ」

「嫌でーす！」

こんな感じで、桃谷君は大丈夫そうだった。

長谷川係長はというと――いつも通りの腹黒鬼上司、といった感じである。

「ふたりとも、お喋りが盛り上がっているようだけれど、仕事は終わったのかな」

「うわあ、出た！」

「出た？」

桃谷君の叫びに、額に青筋を立てていた。

「いや、参上つかまつった、ですかね」

「時代劇じゃないんだから。そんなことはどうでもいいから、口ではなく手を動かしてね」

「はい」

何事もなかったかのようないつもの様子に、笑ってしまう。

「永野さんも、笑っていないで手を動かして」

「は、はい！」

なんてことない日常が、私達のもとに戻ってきた。これ以上、嬉しいことはないだろう。

平和な日々を守るために、私はこれからも陰陽師として奮闘する。

その隣に、長谷川係長がいたらいいなというのが、今の私のささやかな願いであった。

# 番外編
# 現代の大鬼、自害を決意する

長谷川は亀の歩みで、遥香との仲を深めていた。そんな中で、邪魔者が現れる。

桃谷絢太郎――彼は、前世ではせの姫を殺した桃太郎の生まれ変わりである。

千年以上も昔、桃太郎ははせの姫を殺した。

けれど、桃谷は悪びれもせずに遥香に近づき、積極的にアプローチしていた。

気づいた瞬間、長谷川は烈火のような怒りを感じる。

あの男の刀が、はせの姫の命を絶ったのだ。

だが、あまり考えると、邪気を生んでしまう。なんとか感情を抑え、平静になろうと努めた。

いったいどういうつもりでいるのか。想像すらできない。

桃谷が配属されて、数日経った。

彼は遥香に対し、明らかに好意を向けている。

けれど、遥香がそこまで相手にしていなかったので、ざまあみろと思う。距離があまりにも近いと感じていたものの、仕事だからと強く言い聞かせていた。

桃谷自身は、長谷川を気にしている様子はない。

前世の記憶があるのかないのかも、わからなかった。

だからといって放っておくことはできないが、神経質になる必要はないだろう。そう、判断していた。

一方で、遥香との関係はあまり大きく進展せず。

デートに誘い、甘い言葉を囁き、好意はしっかり示してきた。

それなのに、長谷川と遥香の関係に、暗雲がたちこめる。

早急にキスを迫ったのが悪かったのか。遥香に拒絶されてしまったのだ。

ショックだった。これまで、ゆっくりゆっくりと信頼を深めていったのに、自ら崩してしまうような行動に出てしまったのだ。

遥香から話があると言われたときは、もう関わるなという最後通牒《つうちょう》かと思い、まともに目を合わせられなかった。

どうやって、信頼を回復させればいいのか。

そんな中で、浅草の町で連続殺人事件が起きる。

標的が女性ばかりで、遥香は恐ろしく思っているようだった。

彼女を守りたい。そう思っていたのに、その役を桃谷にかっ攫《さら》われてしまう。

どうやら、桃谷は桃太郎だったころの記憶があるようだった。

長谷川についても、気づいている。

こちらが近づけないのを、あざ笑っているようにも見えた。

桃谷への憎しみは、日に日に高まっていった。それがよくなかったのだろう。

遥香を抱きしめる桃谷を目にした瞬間、理性が吹き飛んでいた。

邪気に支配されたその身は、鬼と化す。

桃谷を殺し、そのあと自分も死のう。今世こそは、桃太郎を地獄に突き落としてやる。

長谷川はそう心に決めた。

かつて桃太郎と呼ばれた鬼殺しは、想像以上に強かった。けれど、長谷川のような捨て身の戦い方を知らない彼は敵ではなかった。守る者がいると、それが弱点となる。そこを、長谷川は突いたのだ。

最後に、遥香に触れたい。そう思って、近づく。

遥香は恐れの表情で、長谷川を見上げていた。傷ついたが、それでいいと思った。

彼女の肌を、傷つけるつもりはない。

けれどこの日のことが、遥香の心の傷になればいい。そう思いつつ、触れた。最後は、笑顔を見たかった。優しく、接したかった。それも叶わないから、こうしているのだ。

もう、生まれ変わっても、好かれることなどないだろう。

そう考えていたのに、遥香は優しく長谷川に触れた。

どうしてと問いかけたら、遥香は答える。長谷川のことが、大好きだからだと。

遥香が触れた場所から、傷が治っていく。

それと同時に、長谷川の中にあったどす黒い感情が浄化されていった。

もう、大丈夫。

遥香の言葉を聞いた瞬間、長谷川は涙を流した。

ああ、もう、死んでもいい。そんなことを思っていたが――長谷川は生きている。

彼の隣には、遥香が微笑んでいた。

こんなに幸せなことがあってもいいのか。いいのだろう。

満たされた日々がこの先も続きますように。

長谷川は珍しく、前向きな気持ちで思うのだった。

―本書のプロフィール―

本書は書き下ろしです。

小学館文庫

# 浅草《あさくさ》ばけもの甘味祓《かんみばら》い
## ～兼業陰陽師《けんぎょうおんみょうじ》だけれど、鬼上司《おにじょうし》が本当《ほんとう》の鬼《おに》になっちゃいました！～

著者　江本《えもと》マシメサ

二〇二〇年十二月十三日　初版第一刷発行

発行人　飯田昌宏
発行所　株式会社 小学館
〒一〇一-八〇〇一
東京都千代田区一ツ橋二-三-一
電話　編集〇三-三二三〇-五六一六
　　　販売〇三-五二八一-三五五五
印刷所 ──── 図書印刷株式会社


ISBN978-4-09-406858-0